百年中国记忆
系列丛书

总策划、主编
刘未鸣

副主编
唐柳成　张剑荆　段　敏

可爱的中国

方志敏散文诗歌选

方志敏 著

百年中国记忆·先烈经典文丛

中国文史出版社

图书在版编目（CIP）数据

可爱的中国：方志敏散文诗歌选 / 方志敏著 . -- 北京：中国文史出版社，2020.11

（百年中国记忆 . 先烈经典文丛）

ISBN 978-7-5205-2464-3

Ⅰ . ① 可… Ⅱ . ① 方… Ⅲ . ① 散文集—中国—现代② 诗集—中国—现代 Ⅳ . ① I216.2

中国版本图书馆 CIP 数据核字（2020）第 209673 号

责任编辑：秦千里

出版发行：中国文史出版社
社　　址：北京市海淀区西八里庄路 69 号院　邮编：100142
电　　话：010-81136606　81136602　81136603（发行部）
传　　真：010-81136655
印　　装：北京朝阳印刷厂有限责任公司
经　　销：全国新华书店
开　　本：16 开
印　　张：14
字　　数：173 千字
版　　次：2021 年 1 月北京第 1 版
印　　次：2021 年 1 月第 1 次印刷
定　　价：45.00 元

编者说明

方志敏（1899—1935），原名方远镇，江西弋阳人。无产阶级革命家、军事家。出身于自耕农家庭。7岁入私塾；1919年夏考入江西省立甲种工业学校，1920年在《民国日报》副刊《觉悟》发表处女作散文诗《哭声》，1921年春因领导该校学生要求教育改革而被校方开除。1922年加入中国社会主义青年团，在《觉悟》副刊发表白话小说《谋事》；8月赴南昌创办“文化书社”。1924年3月加入中国共产党。同年回老家组织“弋阳青年社”，出版《寸铁》旬刊，建立农民协会，领导农民运动，处死带头对抗农民运动的五叔方雨田。1927年3月，在南昌创办江西农民运动训练班，组织农民自卫武装，被国民政府江西省政府主席朱培德“礼送”出境。8月1日南昌起义后，潜回弋阳，先后任中共弋阳区委书记、中共横峰区委书记。1927年11月至1928年2月与黄道、邵式平等领导弋横暴动，任暴动总指挥。后转战赣东北、闽北，创建赣东北革命根据地。先后领导了贵溪、万年等县的农民暴动。1930年7月，组建中国工农红军第十军，攻入景德镇。8月，当选为赣东北特区革命委员会主席。1931年11月，当选为中华苏维埃共和国临时中央政府执行委员、主席团委员。1932年12月，任闽浙赣省苏维埃政府主席。1933年12月，任中共闽浙赣省委书记、闽浙赣军区司令员。1934年1月，在中共六届五中全会上增补为中央委员。1934年11月，红七军团与红十军合编为红十军团，方志敏任军政委员会主席。1935 年 1 月 27 日，红十军团在玉山县怀玉山区战败，方志敏与军团长兼二十师师长刘畴西等人一道被俘。国民党政府策划了三次“庆祝生擒方志敏大会”示众。此后又派顾祝同等劝降，被方志敏拒绝。在狱中，他坚贞不屈，视死如归，写下了《可爱的中国》《狱中纪实》等作品，并秘密托人通过鲁迅先生等人辗转送给了党组织。 1935 年 8 月 6 日，方志敏在南昌市英勇就义。方志敏说过:

“敌人只能砍下我们的头颅，决不能动摇我们的信仰！因为我们信仰的主义，乃是宇宙的真理！为着共产主义牺牲，为着苏维埃流血，那是我们十分情愿的啊！”

本书收录了烈士的主要散文、小说和诗歌，包括在被囚的半年时间内（1935 年 1 月 29 日—1935 年 8 月 6 日）写作的 13 万字著作，如《可爱的中国》《清贫》《狱中纪实》《我从事革命斗争的略述》等。方志敏的著作可以一窥革命者的信仰、才情和志趣，已成为影响深远的红色经典，散发着不朽的光芒，为后人所喜爱和珍视；同时，方志敏的革命事迹也为人铭记于心，他的信仰和牺牲感动着一代又一代的青少年。

目　录

散　文

小　说

诗　歌

散　文

方志敏自述[①]

方志敏，弋阳人，年三十六岁。知识分子，于一九二五年加入中国共产党，参加第一次大革命。一九二六 ——一九二七年，曾任江西省农民协会秘书长。大革命失败后，潜回弋阳进行土地革命运动，创造苏区和红军，经过八年的艰苦斗争，革命意志，益加坚定。这次随红十军团去皖南行动，回苏区时被俘。我对于政治上总的意见，也就是共产党所主张的意见。我已认定苏维埃可以救中国，革命必能得最后的胜利，我愿意牺牲一切，贡献于苏维埃和革命。我这几年所做的革命工作，都是公开的，差不多谁都知道，详述不必要。仅述如上。

一九三五年一月二十九日晚八时

---

① 1935年1月，方志敏率领中国工农红军先遣队在江西省怀玉山区遭到国民党军14个团约7倍于红军的兵力包围，7次突围都未成功。1月29日上午，方志敏在江西省玉山县陇首村附近的高竹坑被捕。下午被押到国民党军独立四十三旅七二七团团部。晚间，七二七团团长一再要方志敏“写点文字”。方志敏于是提笔写下了这篇《方志敏自述》。

我从事革命斗争的略述[①]

一、黑暗的故乡

赣东弋阳县，共分为九个区。出城北行三十里，即为九区辖地。九区纵七十余里，横四十余里，共有七十余村，以漆工镇为中心地。全区共有四千余户，约二万几千人口。这个地方，在革命前，无论哪方面的情形，都是很黑暗的。在清朝皇帝统治时代，那时，我生世未久，还是一个无知无识的小孩子，一点事情都不知道，不必说了。就是经过辛亥革命，建立了中华民国以后，我是渐渐地长大了，据我所知，情形也是愈弄愈糟，没有一点好的现象，因为辛亥革命，只是做到推翻满清，变帝制为共和一些政治上表面的改革，对于侵略中国十分凶恶的帝国主义，与中国根深蒂固的封建势力，不但没有动它的毫毛，就连打倒它铲除它的口号，也没有明白的提出来。其次，辛亥革命的方法和手段，也只注重在清军和会党中活动，在广大被压迫的工农劳苦群众中，就根本没有怎样注意，没有做过什么工作。下层广大工农群众，对于这次革命，只是袖手旁观，没有广泛地发动起来参加

① 这篇手稿在传送中曾散失达5年之久，1940年由八路军驻重庆办事处用重金买回。当时，叶剑英同志读了手稿，曾作《读方志敏同志狱中手书有感》七言绝句一首："血染东南半壁红，忍将奇绩作奇功；文山去后南朝月，又照秦淮一叶枫。"

革命。革命方面，没有雄厚的群众力量的帮助，当然是不能有力地完成驱逐帝国主义出中国，肃清封建势力伟大的革命事业；相反的，南京政府成立不久，革命势力就被反革命势力压倒了，所谓南北议和，实即是革命屈服和妥协于反革命；孙中山的临时大总统，也就让位于中国贵族官僚地主买办阶级的代表袁世凯了。从此，辛亥革命便夭折了。帝国主义和封建阶级在中国的统治，依然如旧，不过去掉了一个溥义，换上另一个统治代表袁世凯而已。

因此，在乡村中，也并没有因这次革命而有过任何新的改革，一切都照旧样，没有什么与前不同的地方。贪官污吏照旧压榨民众，土豪劣绅照旧横行乡里；压迫人剥削人的社会吸血鬼们，照旧实行其压迫和剥削；被压迫被剥削的人们，照旧过他们痛苦的生活。如果硬要找出革命后与革命前不同的地方，那就是一般人都剪掉了辫子，变成和尚头（起初还是用警察的强力）；做官的人，不穿马蹄袖的补服，换上了长袍马褂，也不戴拖条毛的顶子，换上了呢大礼帽罢了。乡村中的工农群众，看不出这次革命与本身利益有一点什么关系。

弋阳九区这个地方，在辛亥革命后，直到一九二六年，情形也正是如此。现将这一小块地方的各种黑暗情形，条述于下：

（一）贪官污吏对工农群众的压榨——弋阳县衙门的官吏差役，在一般群众看来，简直是一伙会吃人的豺狼老虎，你只不要碰到他们的手里就好，如果有点什么事碰到他们的手里，就算不弄到你家破人亡，也要弄得你妻离子散；衙门就是一只老虎口，吃人不吐骨头的！县衙门官吏千方百计压榨民众的事情，多到数不胜数，暂不去说它。我只谈一谈漆工镇警察所的情形，漆工镇设了一个警察派出所，所内设了一个巡官。照官职说来，这个巡官，本是一个不值置齿的芝麻小官；但在北洋军阀统治之下，什么事都不许有道理讲，这个芝麻小官，居然成了九区一个无上威权的统治者！我记得有一个巡官姓余，他是北方人，他做巡官，不到半年，就赚到赃洋一万余元。这似乎是一种不能令人相信的奇闻，然而这却是中华民国国土内确确实实有的事实。他榨取冤枉钱财的方法，就是他无法无天的将立法、司法、行政三权，都兼而一手包办之，他成了一个道地无二的独裁魔王。他受理区内的一切民刑诉讼，并派出巡警四处招徕诉讼，像商人招徕生意一样。人民的禀帖，一进了他的公门，不管三七二十一，有钱和钱多的就有理；无钱和钱少的就无理，就得坐拘留所，脱裤子打屁股！一场冤枉官司，原、被告两方出的钱，多可得洋一百元或二百元，少也可得洋几十元。一个月内总有几十场官司，一二千元是靠得住有的。区内的土豪劣绅，早已与他串通一气，协同作恶，民众冤抑无处诉，叫苦连天！

我那时在南昌读书，听到这种事情，不禁一肚子的愤激，马上邀集几个学生，写了张禀帖送到江西警察厅，控告他的劣迹。我们以为余某敢做出这些罪恶，一定是警察厅不知道，如果我们禀帖进去了，厅长知道了，那还不会立即下令去拿办他那混账的坏物。我们下了课后，常常跑到警察厅的批示处去看看，看我们的禀帖批示了没有。得〔过〕了十天，批示处贴出一张“据禀悉，候查明办理可也，此批。”官样文章的批词，一点什么实际效力也没有发生。因为这位土皇帝的余巡官，听到有人控告他，他就连忙派人送了一大注赃款来进贿，天大的事，也就化为无事了。后来我知道当时对警察厅的那种认识，只是头脑简单，阅历不深的学生们的稚气，不禁失笑。我只要将这种骇人听闻的事情写出来，当时政治上的昏天黑地，也就可想而知了。

（二）光怪离奇的选举把戏——自辛亥革命挂上共和国的招牌后，也办起什么选举来了。但是，这种选举，却替土豪劣绅增加了一个发财的机会，玩出许多可笑的把戏。例如什么时候，要进行省议会的选举，我们贵区的土劣们，就忙着捏造选民册了；以少报多，增多选票好买钱。九区只有两万几千人，有选民资格的，至多只有一万人吧！（当时选民资格怎样规定的，我至今还不知道）但土劣报选名额，就要多报一二万人。选民册捏造好了，于是去和运动买票的土劣讲价钱。票价得到手，大家明分，大土劣多得些，小土劣少得些，有时分赃不匀，也有打架闹账的。买票人选票买够了，就雇用许多会写字的人替他填票，张张都写上他的名字。票柜打开一数，当然票数一张不少，于是他就成为所谓人民的代表某某议员了。这种把戏，每玩一次，各地的土劣讼棍，都必蚁聚县城一次，吃喝嫖赌，大闹一场；而真正有权投票的民众，简直什么也不知道。

（三）苛捐杂税的重征——各种苛捐杂税，名目繁多，数不胜数。例如田赋加征，附加税超过正税几倍；盐税加重，盐价因而加贵几倍；货物征税，各货也就都涨价了。还有临时各捐：喝酒要酒捐，吸烟要烟捐，杀猪要屠宰捐，讨老婆的婚帖上也要帖八角大洋的印花；军队过境，既要招待费，又要夫子捐。至少厘卡到处设立，到处抽税，其负担仍转嫁于贫苦民众身上。再则公债发行，更是扰民不堪，公债一般的不是劝募，而是硬派；民众出了钱，多不能得票，票都被经手的土劣们吞没了，民众哪敢说半句话！这些捐税，一年比一年加重，如千斤重担，沉沉地压在民众身上。

（四）重租重利的盘剥——在九区地方，佃户向地主租田种，一般都四六分，即是佃户只得收获物的四成，地主坐得六成。仔细算起来，佃户用去的谷种、肥料、人工、牛工，只得收获物四成，不但没有赚账，而且每亩田，都是要亏本的——有的田，甚至要亏本一两块钱的。农民对亏本数的填补，就是自己尽量节衣缩食，拼命苦做。如农民一件棉袄，穿十几年不换，破了就补，补上加补；热天打赤膊种田，情愿让炎热的太阳，晒脱一身皮，去省下一两件单衣。吃的是粗菜糙饭，半饱半饿的度日，猪肉一年还不知能吃几次。秋冬收割已毕，即拼命去挑担推车，用苦力赚些钱来。用上述的方法，才能填补一下佃田的亏蚀数。此外，还有押租和请租饭的恶例，（请租饭，即是佃户每年要请地主吃饭，这餐饭一定要杀鸡，熓蹄包髈，弄店菜，买美酒，办得很体面好吃，否则，地主发了〔脾〕气，就要起田给别人去种。）都是加重无田或少田的贫苦农民的负担。一般农民群众，因为自己没有土地，哪怕怎样勤劳节俭，终竟不够生活，于是不得不向有钱人借债了。债的利率，起码是周年二分，周年三分五分利率的也是很多——如放干租，放青苗债，放新谷，放十个铜板一月的利等。最重的利，要算是“加一老利”，即是借洋一元，每月要利金一角，在年头借洋一元，到年终要还本和利大洋二元二角。放“加一老利”的，在九区只有一家，即漆工镇的邵鼎丰。他幼时也是一个穷光蛋，到三十九岁时，因放“加一老利”的债发了财，不到十年时光，居然成了拥资十万的大富翁了。人人都知道借他的钱，是等于吃毒药，但当着穷无所出，借贷无门的时候，又只得嘻笑着脸，向他讨鸩止渴了。穷而借债，借债更穷，愈趋愈下，贫穷人只有陷入万丈的痛苦深渊中去了。中国地主是实行三重剥削的：出租土地，坐享地租；放债生利，实行高利贷的剥削；开店铺赚钱，实行商业的剥削。工农劳苦群众，就在这三重剥削下，辗转挣扎，而永无翻身之日。

（五）更严重的就是帝国主义深入农村的侵略——如各种洋货侵入农村，将农村原有的手工业，摧毁无余；洋布输入农村，原有的土机织的布，即逐渐绝迹，以后甚至一针一线之微，都非用洋货不可。茶叶原是九区一大宗出产，后因中国茶叶在国际市场的惨跌，所有茶山茶地，也都荒芜下去，无人过问；因为茶叶跌价，买茶所得的钱，还不够摘茶的工资。总之，帝国主义对中国日深月甚的经济侵略，使农村经济急剧地衰退下去，农民生活更加穷苦不堪。

（六）所以工农群众的痛苦，是日益加深——具体地说，就是土地日益集中于少数地主的手里，多数农民破产卖了原来就很不够的土地，成为少地或无地的农民。工农群众的生活水平日益下降，以至于受饥挨冻，甚至不能生存。最苦的，就是每年一度的旧历年关，地主债主们很凶恶地向穷人逼租逼债，逼到无法可想的时候，卖妻鬻子，吊颈投水一类的悲惨事情，是不断发生。群众的赤贫化，以至于走到饥饿死亡线上，这还能压制他们不心怀怨恨而另找出路以打破目前不可忍耐的现状吗？

革命前的九区，随笔写来，几成为一副凄惨黑暗的图画。然而，岂但区区的九区如此，“天下老鸦一般黑”，在帝国主义侵略下的中国，在豪绅地主资产阶级统治下的中国，哪一块地方不是如此呢？比九区更黑暗的地方，还多着呢！我所以详细一点叙述九区的情形，一方面九区是我生世的故乡，另方面，九区正是中国农村的一幅缩图，说九区等于说全中国的农村。黑暗的九区！黑暗的弋阳！黑暗的中国！

我于一八九九年生于离漆工镇二里许的湖塘村。在这长夜漫漫，天昏地黑的地方，我生活着，我受着压迫和耻辱地生活着；我长大起来了；我逐渐不安于这黑暗的时日；我渴望着光明；我开始为光明奋斗——奋斗了一生，直到这次被俘入狱，直到被杀而死！

二、一个苦学生

湖塘村共有八十余户，其中欠债欠租，朝夕不能自给的，就有七十余户；负累不多，弄到有饭吃有衣穿，差堪自给的，只有七八户；比较富有的只有两户。

从远处望去，我这村庄的外景，还是很好看的：村背靠着两座矮山，山上都长着茂盛的树林；村的周围，长着许多花果树，全村的房屋，都被深绿的树木掩荫着。村前是三口养鱼的塘，水明如镜，每天早晨，全村妇女们，都在这塘里洗衣服。鱼塘的前面，就是一块大田坂，在春深时节，满坂尽是绿苗，微风吹来，把绿苗吹成一层挨一层的绿的波浪。更远一点，就是一条小河，弯弯曲曲的流着，流进村右边的水口林里，被树林遮住不见了。四围的树都长出绿叶，在绿叶里跳上跳下的各种鸟儿，都鸣出悦听的声音，互相唱和着。戴笠的农民，三三两两的散在田坂上，弯身低头地在做工。这样的农村美景，比起拍照的风景片来，我觉得并不会逊色，不过我自愧不是一个文字家，不能很美丽地将它描写出来。

但是，这只是村的外景，倘若你走进村里去看看，那就有点不雅观了。道路是凹凸不平，柴屑粪渣，零零散散地散布在路上；房屋多是东倒西歪的，新的整齐的房屋很少；房屋内都是烟尘满布，鸡屎牛粪，臭秽难闻；村内的沟渠，也是污泥淤塞，臭水满沟。各种各样的虫蚁，到处蠕蠕地爬动。到暑天时节，蝇子统治日间，蚊子统治夜间，真有点令人难堪。如果久在城市生活惯的人们，初跑进这样的乡村中来，一日都觉得难过下去的。在这样污秽环境之下，生病的人，就不少了，尤其是暑天，打皮寒[①]烂脚的特别多。如果你要责备这些农民，为什么这样不爱清洁卫生，不实行“新生活运动”，那我可以告诉你，他们被人剥削，苦到饭都弄不到吃，哪里还有余力来讲清洁卫生；苦到几乎不能生活，哪里还能实行新生活。比如一个农民患着隔日一来的一寒一烧的病，他晓得这是打皮寒，他又晓得治皮寒顶好的药，就是鬼子丸——金鸡纳霜丸，农民只晓得叫鬼子丸，当他问人：“鬼子丸多少钱一个？”“一百钱一个。”（乡村的药卖得贵，每丸要卖一百钱）“吃几个就会断根？”“总要十几个才会断根吧。”“那吃

① 即发疟疾。

不起，还是让挨下去；有命就会挨好来，挨不好，死了就算吧！”买几个皮寒丸来治病都无钱，让他尽病下去，病到后来，多数是肚皮上硬起一块，眼珠发黄，农民不知是脾肿胀，而说是肚子里结了一个血果。病到这个地步，这人的健康，是永难恢复的了。小孩子打皮寒，更挨不住，寒烧十几次，就会瘦得一层皮包骨头地死去，每年暑天小孩子死得很多。烂脚也是一样，开头只是一个豆子般大的毒口，发红发肿；让他摆着没药医，过了几天就烂到盏口一般的大了，再又过几天，就烂到碗口一般的大了，再尽过下去，他就成了一个“老烂脚”了！中国工农贫苦群众的身体和生命，都是如此的不值钱的。我每年暑假回家的时候，看到村中如此情形，心里总感着难过，合得将它改良一下才好；但是左想右想，终想不出一个改良的方法来。不彻底革命，你会有什么力量来改良农村，从前一些热心新村运动者，他们到底做出来一点什么成绩，他们不都是宣告失败了吗？只有苏联，因为无产阶级革命成功，实行了无产阶级专政，才把全国农村，不是改良而是彻底的改造了，千千万万的农民都得到完全的解放，这是我们应该走的一条正确路线。现在把话说转来：我这村庄的情形如此，其他村庄的情形——说远一点，全中国村庄的情形，据我所看过的，又何尝不都是如此！中国农村的衰败、黑暗、污秽，到了惊人的地步，这是人人知道，毋庸讳言的了。

在我村内，我家是一大户，男女老少，共三十余口，经济地位是足以自给的中农。我家种田二百余亩，有百余亩是向着地主租来种的，每年要向地主纳租二百余石。我家的男人，凡能耕种的，都一律种田；小孩子就放牛；女人在家里烧锅弄饭，洗衣喂猪，以及纺纱绩麻，也要做着极大的劳动。因为家庭经济困难，我父亲的兄弟们以及我同辈的兄弟们，每人都只准到私塾读三年书，即出来种田。“认识自己的名字，记得来工匠账就算了，还想什么进学中秀才？”这是我家里的人常说的话。至于我们的姐妹，他们是女子，照老道理来说，女子是不必读书的，而且又是"赔钱货"，长大了总是要嫁人的，更无须读书，所以她们没有一个识字的。

我呢？我还是多读了几年书，原因是我的天资，比较我的兄弟们都聪明一点。我在启蒙那一年所读的书，就比同塾儿童三年读的书还更多。训蒙的老先生，是一个穷秀才，他高兴起来，认我是个可教的孩子，就对我讲解些书中的字义文义。读过几年之后，我也就能够作些短篇文字了。我的父亲，到这时也不忍要我停学，就勉力让我继续读下去。

我到十七岁时，才进高等小学校，在校得与邵式平同志认识，三年同班，朝夕不离，情投志合，结为至友。

在一九一八年，全国掀起反对日本帝国主义所提出的亡国二十一条的运动。爱国运动，波及到弋阳时，我是最爱国的一分子。对日本帝国主义侵略中国，企图灭亡中国的横暴，心里愤激到了极点，真愿与日本偕亡！学校里发起的抵制日货、向群众讲演和示威游行，我都是忘餐废寝地去做。为得立誓不用日货，我曾将很不容易买来的几种日货用品，如脸盆、牙刷、金刚石牙粉等都打碎抛弃，情愿自己没有得用。

二十岁在高小毕业，父亲东扯西借，借到几十块钱给我来省。我投考到南昌工业学校，读了两年，又因学校的腐败不堪，闹了一次风潮开除出来。

一九二二年，再到九江南伟烈学校读了一年，以后真是借贷无门，也就只得辍学了。

总计我共读了十一年书，在私塾五年，没有用什么钱，以后到高小、工校、南伟烈学校读书，都得用些钱。我读书用的钱，比较豪富学生用的钱，是不及他们用的百分、几百分之一，但每块钱都是从人家借来，六年用去的钱，连本带利，就变成一笔七百元的巨额债款了。这笔债款，真像一块千斤重的石头，压得我全家人无地自存!（那时我大家已分居了）我的父亲母亲，一年三百六十五日，日日都处在忧愁之中，为得就是这笔债款不能还！他俩老人家，每夜鸡鸣时候，就都醒了。他们谈到的第一件事就是债！“这笔债款尽欠下去，是不得了的呀！怎样才还得清这笔债呀！咳！咳！咳！……”结果，总是长嘘短叹到天明！我年暑假回家，最怕听的，就是这一类的话；但我的父亲母亲，总是哭丧着脸，尽以这一类的话对我谈，真逼得我坐卧不安！我如此亲尝着这负债的苦味，深味着负债人心中不可描画出来的深忧！我在二十三岁时，决然废学，固然是借贷无门，无法筹得学费；同时也不愿因我一人求学，给全家人以如此深重的忧愁！

三、九区青年社的组织

在前面说过，我是一个黑暗的憎恶者，我是一个光明的渴求者。因为我所处的经济环境，和我对于新的思潮的接受，故对于社会的吸血鬼们——不劳而食的豪绅地主资产阶级，深怀不满；而对于贫苦工农群众，则予以深刻的阶级同情。

我在弋阳高等小学读书时，即将九区在校的学生，组织了九区青年社——这自然是一个狭隘的地方性的小团体。大家都是小学生，知识有限，所以这社的宗旨，也就定得模糊不清，不过对现社会带了一点不满情绪罢了。这社的组成分子，也很复杂，有的是地主家庭出身，有的是贫苦学生，因此，大家对现社会的态度，也就各不相同。经过几次反对劣绅贪官的斗争，社内起了分化，有钱的社员，都跑到劣绅那方面去，翻转脸皮，来骂我们。无钱的我们，共有十几个人，还是团结在一起。我们骂他们三反四复，卖友求荣，而不知道这正是他们的阶级意识，驱使着他们如此做；阶级的利益一相冲突起来，当然就没有什么友谊可言了。后来，我们这几个穷光蛋，都加入了共产党。

在反劣绅官僚的斗争中，社内既无工农群众参加，自然不会有什么力量表现出来；我们又都年青少经验，什么事都只凭着一股热血做去，全不了解斗争的策略和方法，与那些老奸巨猾的劣绅贪官斗法门，哪能不一败涂地？不久，我们的一个社员，被九区巨绅张大纲举赃诬陷，捉进牢里去，坐了十多个月。我们费了九牛二虎之力，向法院递了好几张辩诉词，化了许多金钱，才将他营救出来。劣绅则在旁拍掌大笑，说："只要我稍动一点手术，就弄得他们坐笼子，他们这班年青人想推翻我们，说刻薄一点，正像屎缸蛆要推动大磨一样！哈哈哈！"

大家弄得筋疲力竭，劣绅贪官仍然是安稳稳地统治着。大家觉得这社没有力量，都去加入其他革命组织，这社也就无形解散了。

这社自组织起来，存在了两年，对于革命虽无怎样重大意义，但却给了我们一些斗争认识，提醒我们，不去团结群众，斗争是不会成功的，鼓励了我们到群众中的意志；同时，因这社的影响，也为革命栽培了一些种子。

四、工业学校的驱赵风潮

南昌工业学校，完全为江西教育界的所谓东洋系所把持，以该校校长为该系的首领。工校在其校舍建筑和表面布置看来，似乎还办得不错。但在校读书的学生，才知道里面黑幕重重，如办事人的敷衍塞责，对学生生活的漠视，教员只要同系的人，不管饭桶不饭桶，这都是使学生们不满意的。我因选入机械科，该科饭桶教员更多，更增加我的不满。在我的影响之下，团结了一部分热心的同学，于是就组织学生自治会，对校内腐败情形，不客气地揭露出来，并要求种种改革，不意竟触怒这个赵校长，用出他的辣手，将我和为首的另三个同学，悬牌开除学籍，遂激起全校学生的驱赵风潮。

这一风潮，开始闹得轰轰烈烈，同学们青年血性，非常激烈。当那天挂出开除我们学籍的牌子时，同学们登〔顿〕时大哗，将牌子摘下，一脚踏烂；并由学生自治会，另悬一块牌子出来，历数校长的罪恶，开除校长。我们开全校学生会时，到会同学二百余人，听到我的演说，有几十个气得流泪！于是散发传单，游行示威，到教育厅请愿，请各校学生会与新闻记者援助等，都做过了。但是，经过一星期的运动，竟没有得到什么结果；原因就是赵的背景太大，教育厅长亦其同系，如何会撤换他。我们青年学生，直心直肠地做事，不计利害，不计成败，而且知识经验的幼稚，也计料不到利害和成败。后赵用一毒计，悬牌提早放暑假，小资产阶级的不能持久斗争的同学们，遂因归家心切，都纷纷卷铺盖回家了。他们在回家之前，来向我辞别：“志敏兄，我回去了，下年再来干过。”我只好对他们点头笑笑！同学们都回家去，风潮也就平息下来，赵宝鸿的校长，还是赖着做没调动，但有一年之久，都没有到过学校，他成了一个公馆中的校长。

此次运动，虽未胜利，且被开除学籍，我心中却仍觉得愉快。因为改革学校的运动，是我自己愿意干的，吃亏受气，自不在乎。过后想来，虽觉得当时行动，有些是过于稚气了一点，但自己笑了一笑也就丢在一边不想了。

当时，第二中学，有一个江西改造社，是十几个倾向革命的学生组织的，袁孟冰，黄道同志都在内。工校风潮后，他们认为我是个革命青年，介绍我加入，我到社开了几次会。这社是个研究性的团体，社员的思想信仰，并不一致，袁、黄和我几个人是马克思主义的信徒；另有几个人，相信无政府主义，其余的人，简直是动摇不定，无一定的信仰。社内出了一种《新江西》季刊，各种问题都无中心的谈，在江西影响不大。也是因为不做工农群众的工作，社内仅只十几个摇摆犹移的学生，所以做不出什么有力的革命运动来。后来，袁、黄和我，都加入共产党；有些青年同志则转入 C.Y.①；还有些有钱的社员，都去升大学，想做成功一个学者，改造社也就无形解散。袁孟冰同志，后到苏联留学，大概是一九二八年，在南昌被国民党所杀，他是我们党内一个忠实于党、忠实于阶级、勤勤恳恳做革命工作的可敬的同志！我是时常纪念他的。

五、我不相信基督教！

基督教是帝国主义对中国实行文化侵略的一种最厉害的东西。它的任务，第一，是教人相信上帝，相信来生，相信逆来顺受的不抵抗主义。“有人打你的左脸，你的右脸也给他打；有人脱你的外衣，你的内衣也给他脱。”这对工农群众，就是说，地主资本家压迫和剥削你们，你们绝不要反抗！工人不要工资替资本家做工好了，农民把种出的东西，统交给地主好了；冻死饿死不要紧，横竖来生是有福的，

① C.Y. 即共产主义青年团，是英文 Communist Youth League 的缩写。

你这驯顺的人，死了灵魂一定会升入天堂！对于中国，那就是说，帝国主义侵略中国，一切都忍受着好了；日本占去了中国的东北四省，那算什么，你把全中国统送给他好了。它是精神的鸦片，来麻醉中国人的头脑，消磨我们的民族意识和阶级觉悟，造成大批的依附信仰洋大人的顺民。第二，所谓上帝的传道者——神父教十们，实际上完全是帝国主义派来深入中国各地的侦探和鹰犬。他们居住在中国的城市和乡村，一切地理、经济、人情风俗，哪一件不被他们侦察得清清楚楚去向他们的政府做报告？所以英国资本家有一句话说得好："神父就是棉花。"这就是说，凡是神父达到之地，英国的棉织物，也就跟着输送了进来，帝国主义的势力也就达到了。在帝国主义枪炮保护之下蔓延各地的基督教，他们到处造大洋房，开办学校医院，实行许多假仁假义、小恩小惠的事情，都是各国资本家捐助来的巨款，这也就可见他的用意和作用了。同时，他们新旧约圣经上所讲的，全是一些迷信的神话，与现代科学完全相反。所以除了一些想在洋人脚下讨口饭吃，甘心为洋奴的外，像我这样相信科学相信真理的青年，哪会相信他们毫无根据的鬼话呢？

九江南伟烈学校，是一个美以美会办的教会学校。校址宽大，校舍都是大洋楼，又俯临着九江有名的甘棠湖，风景自然是美丽的。这学校开办的历史很久，在这里造就出来的牧师、翻译员及洋行用员，为数已大有可观！

我因为要学点英文，又以该校用费不大，每年只要百余元，在被工校开除出校之后，就报名投入该校了。

这学校也是表面好看，内容是腐败的。这校的教员只有几个稍好，其余都是要不得的。例如：教我班英文的朱先生，我们背地里喊他做"Mr. Pig"。他原是一只坏透了的流氓，因捧洋人得势，到美国混了七八年，一口英国话，不能说他说得不烂熟，但他对于英文学，毕竟还是不太行，尤其是他不懂得教英文的方法；从他学英文，还不如靠本英汉字典确实些。他老先生还教我班的地理呢！有一次，他拿着一支粉笔，指着中国地图东北角的黑龙江说："Yangtze River is here."当时，我吓了一大跳，朱先生呀！你为什么这样糊涂，你自己就住在扬子江边呢！教国文的，是一个前清的秀才；教算术的也是一个二十年前的古董。教会学校，非常专制，教员只要得到洋人的欢心，好不好，学生是不能说话的。

教员饭桶一点，也还可以马虎下去，最使我难受的，就是每天早晨一个小礼拜；星期四下午，又是一个礼拜；星期日的整个上午，都做礼拜！礼拜礼拜，到底礼拜哪个，真是无聊！明知做礼拜是豪无意义，但学校规定甚严，别的课可请假不上，礼拜，除非你生了大病，那就不能不到，不管你是不是教徒！这真是只准他传教自由，不准你信教自由了。当那伪善牧师，吃饭了洋饭，站在礼拜堂上，低头闭目，喃喃诵祷告词，以及胡说八道的大说其教的时候，这多么令我难受，几乎要急得在座上跳起来。这种不自由的学校，岂不等于坐牢！几次要出校，又复忍住。后来，我想得一个办法，就是每次去做礼拜，总私自带下一本自己爱读的书去，不管牧师说教也好，祷告也好，一概不理，我静心看我的书，这才算将难耐的礼拜挨过去。

校中同学们，有不少的人，趋奉洋人，见到洋人来，总是鞠躬敬礼；洋人说话，总是点头连说"Yes"！我也是看不惯的。有一次，我问了一个惯趋奉洋人的同学，为什么对洋人要如此去尊敬呢？他答说："你哪还不知道，在洋学堂读书，不尊敬洋人，还尊敬谁？倘若谁得到洋人的欢心，在校可望免费读书，毕业之后，包管你容易找事。密斯特方，你要明白，找到一个翻译员或洋行公司的用员到手，就是几十块花边一月的薪水啦。如搅〔搞〕得更好的话，还可以在洋人帮助之下，留学美国呢！密斯特方，我不客气地说一句，像你这样不敬洋人，又不信教，那只好去讲你的社会主义了。”（我在校常与同学谈谈社会主义）我听完了他的话，我不说什么，只对他苦笑一下。

过了一年教会学校的生活，也算过够了；又得到父亲来信，说再不能想法筹款寄来，我就从此废学，漂流到上海，梦想找一个半工半读的机会。

后来，得到南伟烈学校一个同学来信说：校内有一个有力的洋人，希望我再回校去，他可以帮助我的学膳费，但要我相信基督教。我写了封复信给他，说：“读书不成，只为家贫，但因贫而无受教育机会的人，在中国何止千百亿万？无论如何，我是不会相信基督教的，现在，我也不愿再读那些无意义的书，我要实际地去做革命工作了。”

六、读《先驱》加入 S.Y.

在南伟烈学校正当精神苦闷的时候，忽接到上海一个朋友寄来一份《先驱》报，《先驱》是中国社会主义青年团（简名 S.Y.）的机关报。我看过一遍之后，非常佩服它的政治主张。它提出结成民族统一战线，打倒帝国主义，打倒军阀，在当时确为正确不易的主张。《先驱》的每篇文章，文章中的每句话，我都仔细看过，都觉得说得很对；于是我决心要加入社会主义青年团。我漂流到了上海，经过赵醒侬同志的介绍，乃正式加入这个无产阶级青年的革命团体。不过在当时，它成立不久，它的组织还不严密，工作经验也很幼稚，组织成分又以学生居多，故力量不大。我因初出学校，小资产阶级学生的浪漫习气，还是浓厚地存在着，又因感受当时流行的颓废派文学的影响，思想行动都还远谈不上无产阶级化，也就没有替团做多少实际工作。

因为革命思想，在江西传播不广，得到团的同意，与几个同情的朋友，由上海回到南昌开办一家新文化书店，专贩卖马克思主义的和其他革命的书报，并与袁孟冰同志合力出版一种小报，鼓吹革命运动。后书店因经营不得法，营业不振而亏本，不久也被北洋军阀“查封”了。

就在这个时候，我得了初期肺结核症，在三个月内吐血三次。肺病是我青年时期最凶恶的敌人，它损害了我的健康，大大地妨碍了我的学习，我的工作！足有五个整年，是无日不困顿于肺病的痛苦之中！我相信，我若不患这可怕的肺病，在马克思列宁主义的学习和研究上，决不会如此的无成就；对于革命工作，也会有更多的努力和贡献。

七、我是个共产党员了！

因为几年的斗争锻炼与团的教育，我的思想行动，逐渐无产阶级化，逐渐具备一个普通共产党员的资格。在一九二四年三月，经过赵醒侬同志等的介绍，在南昌正式加入共产党，这是我生命史上一件最可纪念的事！不管阶级敌人怎样咒骂诬蔑共产党，但共产党终竟是人类最进步的阶级——无产阶级的政党。它有完事的革命理论、革命政纲和最高尚的理想；它有严密的党的组织与铁的纪律，它有正确的战略和策略，它有广大的经过选择而忠诚于革命事业的党员群众，并且它还有得到全党诚心爱戴的领袖；它与无产阶级和一般劳苦群众，保持亲密的领导关系；它对于阶级以及全人类解放事业的努力、奋斗和牺牲精神，只要不是一匹疯狗，都会对它表示敬意！

共产党员——这是一个极尊贵的名词，我加入了共产党，做了共产党员，我是如何的引以为荣呵！从此，我的一切，直至我的生命都交给党去了！

八、五卅运动中的我

一九二五年，弥漫全国的反帝国主义的民族革命运动——五卅运动起来了。这是在中国无产阶级领导下极伟大的群众运动，这是被压迫的中国民族的觉醒——睡狮的怒吼！这次运动，给了各帝国主义——特别是大英帝国主义以严重的打击，有力地推动了中国第一次大革命的进展！

在此时，我看到帝国主义在中国境地内自由屠杀中国人民，心中愤激已极！运动开始时，我就参加“江西沪案后援会”工作，凡后援会规定的工作，我都积极地去干，在工作紧张时，有几晚都没有睡觉。随后，后援会派我去赣东各县工作，我也曾尽力之所及地去做，将反帝运动，相当地深入于这些偏僻县份的群众之中。

在这次运动中，我的吐血病发了几次；但当吐血的时候，就静卧几天，病稍好了，又起来干；一干又病，病稍好了仍然又起来干！

九、秘密国民党时代的工作

在国共合作政策下，我是以共产党员加入国民党做国民革命的工作。在一九二三年，江西的国民党部就秘密地成立了。江西当时在北洋军阀统治之下，认国民党为赤化党，是施行压迫的。如捉到国民党员，轻则坐牢，重则枪毙。当日北洋军阀之压迫国民党，亦犹今日国民党之压迫共产党员一样，不过侦探技术，处决方法，后者比前者更进步更毒辣罢了。

我们就在这种严重环境之下，秘密地工作着。组织工作的方法，是自上而下的，先组织了江西临时省党部，随在各县组织了十几县县党部。开过了一次秘密的全省代表大会，选举省执委，成立正式省党部。省党部主要的负责者，就是赵醒侬同志工人与农民运动，亦在开始进行。对于“拥护中山北上”，与“追悼中山逝世”的两次运动，是做得比较广泛而深入，唤起了江西广大群众对国民革命的认识和同情。

这里要讲到赵醒侬同志的事迹：他是江西南丰县人，他是一个破产的商人。他在上海工作时，生活非常艰苦。他到各处活动，全靠两脚走路，连坐电车的钱都是没有的。他是共产党员，他是接受党的命令，来积极地参加国民革命的工作。他在北伐军到南昌前的三个月被军阀捕住，关押于军法处两个月就枪决了。后来很少人知道他，但在江西，他却是为打倒帝国主义，打倒军阀，争取中华民族独立解放的革命运动的第一个牺牲者！

在这长期的秘密工作中，我的肺病更加加深了，更容易吐血了，走多了路吐血，睡晏了觉吐血，受了什么激刺也吐血，进了好几次医院。但我仍然是干而复病，病好复干。

十、北伐军到了江西以后

在一九二六年一月，我被派去参加广东第一次全省农民代表大会，到了广州。由反革命的北洋军阀统治下的地方，走到革命的策源泉地——广州，觉得各种现象，都是生气勃勃的，另是一种的。当轮船驶进虎门要塞时，看到环要塞的一道粉白围墙上，写着“打倒帝国主义，打倒军阀！”十个大字，精神为之一振！到了广州，看到各处所贴的崭新的革命标语，省港罢工工人的坚决斗争，各地革命农民代表的踊跃赴会与革命军人的和蔼可亲，这些情形，都使我感着愉快。农民代表有大会，经过了五天，我从彭湃同志的谈话、演说、报告中，学得了许多农民运动的方法。（彭湃同志是广东农民群众最有威信的一个首领，他于一九二九年在上海被国民党屠杀了！他的名字，是永远在中国革命历史上辉耀着，广东的农民群众，也永远不会忘记当日领导他们向地主斗争的领袖！）后参加十万人的广州纪念大会，又随劳农两大会的代表——中国第四次全国劳动大会与广东农民代表大会，同时在广州开会——到广州国民政府，请愿出师北伐；后又到省港罢工委员会、石井兵工厂等处参观，都觉得很是满意。满望回到江西，大大地作一番运动，哪知刚到上海，又吐起血来了。这次肺病大发热度升到摄氏表四十一度，几至于死。

得到中国济难会的帮助，在上海医院医治了两个月，才能缓缓地行步；后又转到牯岭普仁医院医了一百多天，肺病才得到一点转机。这次若不得济难会医药费的帮助，早就病死离去人世了。

在牯岭医院中，天天盼望着北伐军胜利的消息。一日，从病友处忽得到一张武汉报纸，乃是北伐军占领武汉后的报纸，我把那张报的每个字都念过了。不禁狂喜！再过不久，北伐军占领了江西，我就依照党的指示，下牯岭到南昌来工作。

本来，在推翻北洋军阀统治的江西，革命运动应该彻底进行。但当时共产党的中央，被陈独秀腐朽的机会主义所统治，离开阶级立场，北叛阶级利益，放弃革命的领导权，阻止工农群众斗争的开展和深入，以致党脱离群众，不能领导群众；不去组织工农的军队，也不去进行国民军中工作；只是一味地去妥协资产阶级，以求其所谓民族联合战线的巩固！这样可耻的机会主义，将第一次大革命，一直领导到失败。

我当时当任省农民协会秘书长的重责，因党没有正确路线的领导，虽说是组织了六百万农民协会的会员，但农民斗争没有更高程度的开展，没有积极地领导农民群众向剥削阶级进攻，以致会员没有得到更多革命的实际利益，农民对农民协会也就不会有深厚的热情；其次，组织训练工作，也做得十分不够，农民协会的工作方式，也是带着官僚主义的，如我在省农民协会时，除开会外，就只批批各县来的“等因奉此”的官样公文，连南昌迫郊的农民运动，也没有很好地进行。尤其重要的是农民武装——农民自卫军没有积极地去组织和锻炼——这些都是使农民协会不能有真实的力量的原因。

当时，江西的A.B团[①]却非常积极地进攻省农民协会，要夺到他们手里去。他们把持着省党部，今天对省农协一个决议，明天对省农协又要玩个花样，我是首当其冲的人，我成了他们的眼中钉，每天早晨起来，拿起报纸来，首先就要看省党部又有什么进攻省农协的新办法；为对付他们的进攻，确费了不少的心思。他们委派了两个委员到省农协，当然不是来做工作，而是来和我们捣乱子；每次省农协开会时，我总与他们先争后闹，最后就拍桌大骂而散。

江西省农民协会开第一次全省代表大会，他们首先就要圈定省农协的委员；我电问中央农委——中央农委书记为毛泽东同志如何对付；得复电：须坚决反对，宁可使农协大会开不成功，不可屈服于圈定办法。他们圈定不成，就用金钱收买选票，结果露出马脚，大闹笑

---

① AB是英文“反布尔什维克”的缩写。AB团全称为AB反赤团，是北伐战争时期建立的国民党右派组织，其目的是打击共产党和国民党左派。1927年4月该组织解体。

话！大会选举他们算是失败了，省农协没有被他们夺取去！他们散布谣言说，要用手枪暗中打死我；我也不以为意。

过了不久的时候，朱培德的态度，一天一天地右倾，公开说工农运动过了火，现在要开一开倒车等反动话；可是我们省委也没有想出一点革命的应付方法，整天只是机会主义的叫同志去拉扰影响而已。

“欢送共产党员出境！”“共产党员如果不出境，就要不客气地对付！”“制止工农运动的过火！”这些严重示威的反革命标语，都是以机关枪连迫击炮连军队的署名到处贴出来了。这是一个多么严重的问题！我几次跑到省委去说，要省委急电中央想办法，省委总是说：“把党的机关逐渐秘密起来，你们还是尽力去拉扰和影响他们。”

在六月的一天——我忘记了是哪一天，欢送共产党员的事情果然发生了。我正在省农民协会看各县农民斗争的报告，一个有地位的人，喘气不止地跑来通知我说：“你赶快走吧！朱培德今日要送你们去武汉。”他连催我走，我就一气跑去省委机关。我刚离开省农协不久，朱培德派来的一营兵，就把省农协围住，将我的卧房，翻箱倒柜地检查，又将省农民自卫军一连人缴械。这次他扯去了假面具，他那狰狞的地主将军的面貌，完全暴露出来了。

过后一刻时，得悉朱培德一共要欢送二十四个共产党员出境（其中有几个是左派）。他做了许多假把戏——如请酒饯行，送旅费和安家费，每人一千六百元，派花车给这些人坐等等；这次还不敢公开屠杀，因武汉还未失败。省委决定我不要去武汉，要我到吉安去做农民运动。我就藏在省委机关暂住；适彭湃同志也来了江西，我们不期而遇地同住了几天。

就在去吉安之前几天，我与我的妻——缪敏同志结婚。我们的婚礼很简单，只是几个同志吃了一餐好菜饭就算了。

自北伐军到江西以后，我是做了近十个月的公开工作。现在细想起来，深觉得那一时期的工作，既无明确的政治路线，又无一定的工作方针，虽然也是一天忙到晚，但是没有忙出一个什么好名堂来！那时的工作，可以说是上层的而不深入下层；是空空洞洞的而不实际化；是带着腐化享乐的倾向，而没有艰苦地去进行工作——总之，是机会主义的，而不是布尔塞维克的。这样的党，这样的工作，哪里会积集起雄厚的力量，去打倒阶级敌人，去达到革命的最终胜利。所以暂时的同盟者，一翻转脸皮，说句假客气的话："欢送你们共产党同志出境！"你就只得很快滚蛋了！

别了，南昌！汽笛一声，我坐着小轮船向吉安前进。

十一、吉安一带的减租运动

"二五减租"，本来是一个最低限度的改良主义的口号；但北伐军到了江西，已经一年，就连这一最低限度的改良主义的政策，也未见实行；政府并没有发布明令，说要实行"二五减租"，"实行二五减租"，不过仍是壁上贴着的标语上的一个口号罢了。这种口惠而实不至的空头支票，欺骗农民，多么使农民群众失望呵！

我从南昌秘密到达吉安的时候，正当着秋收要交租了；于是，我在党的决议之下，经过农民协会的组织，深入群众去进行减租运动。

我到达吉安、吉水、莲花、安福四县工作，在这四县，都召集过农民代表大会及农民群众大会。我曾经进行这几县农民耕种土地的用费和纳租额的调查，结果，发现农民租耕地主的一亩田，若将人工、牛工、谷种、肥料各项费用，总算起来，如果这亩田的收获物，全部归农民所有，农民是可以获得一些利润的；但从收获物中，缴去对成或六成的地租，则农民所得到的，一律少于他所用去的，就是说，农民租耕地主的田，一概都是要亏本的。亏本的多少，因地不同，有的地方每亩田要亏本七八角钱，有的亏本一块多钱，有的更亏本一块半钱至两块钱的。这亏本数之由何填补，我在第一段里已经说过了。吉安一带农民用以填补亏本数的方法，正是与弋阳九区农民所采用的方法，不约而同。那末，这一带农民群众生活的痛苦，当然是无须描述了。

我在农民代表大会与农民群众大会上，不必说什么理论，只把这种地主剥削农民的实际情形，用通俗易懂的话，具体地说与他们听。我在详细说明了这样情形之后，我再做一简短的结论：

“同志们！我们贫苦农民，做牛做马替地主耕田，就算不望赚得什么，至少也不应该让我们亏本！过去我们糊涂一生，不会打算，替地主耕田，还要替他们赔这么多的本钱，天下应该有这样的道理吗？我们农民越做越穷，越做越苦，从前，总以为是八字坏，命根苦，现在晓得原因在哪里了——我们没有土地呀，我们租耕地主老的土地要亏本呀，这就是我们一天一天穷苦下来的最主要的原因！现在的减租运动，当然还远谈不上‘我种出来的东西，应该归我所有’——农民将来一定要做到这种地步，才算得到解放了；现在只是要求替地主耕田不亏本罢了！”这些话，每每能够提起农民群众对地主阶级剥削清楚的认识，与激动他们深刻的仇恨。于是会场的空气热烈起来，到会各色各样的农民们，都表现出不能再忍耐下去的愤怒态度，散会时的口号，吼得特别洪大！

为着“二五减租”，成千成万的穷苦农民，都托起旗子，带着武器，起来示威游行了！他们的队伍，常常拖长十余里，洪亮的革命口号，从他们队伍里怒吼出来！是的，他们不但要求减租，而且要求土地，要求根本毁灭豪绅地主的封建剥削制度，他们要从重重的压迫下，站起来伸一伸腰儿，做个自由的人！

在广大农民群众雄赳赳的游行示威下，一班社会的吸血鬼们，平日不劳而食，作威作福，到此时，都纷纷逃走了，这时候不但减租，根本就没有人敢来收租了。

直到大革命失败后，豪绅地主反攻过来，那时不但全部收了租，而且将在减租运动中出头一点的农民，捕捉和屠杀了一大批！

在吉安一带两个月的工作中，我才算真实地实习了群众工作，我学得了怎样去宣传、去组织、领导群众斗争的方法；回忆在省农民协会批批公文的工作，不过是官僚的工作而已，真没有什么意思。

在此，我要纪念莲花县的一个同志，他姓朱，因年久忘记了他的名字。他当时是莲花县的支部书记（党在莲花，当时仅成立了一个支部），很积极在该县工作。在我离开莲花县的第二天，湖南方面的罗某匪军，进攻县城，他从城里逃出来，走到离城十里的一个亭子边，遇着了一个劣绅，嗾使几个痞棍，将他就绑在亭子的柱头上剖肚挖肠的杀死了！他若不死，无疑的会成为我们党的一个得力干部。

情形一天一天变得不佳了，国共分家的消息也传到了，我们当时自然没有什么办法想，只是加紧去做群众工作。

因消息封锁，连“八一南昌暴动”，我们都不知道，江西省委确实是糊涂的很，政治上如此重大的变化，事先都不派个交通送封信给吉安的党，让我们睡在鼓子里。当时，扎在吉安的，为白军第七师，该师师长王均，不动声色地以开联席会为名，将吉安总工会委员长梁同志和县党部商民协会的两个同志（都忘了姓名）骗去杀了；又派军队将农民自卫军包围缴械，形势遂突变严重，吉安的党，不得不转入完全秘密状态了。

我原要去永新工作，永新的地主豪绅正在带着他们的军队，进攻永新城，吉安的党派我去指挥安福农民自卫军，打退他们，各项都准备好了，至此遂不果行。

我避在吉安乡村一个农民家里，住了十几天，找不到吉安党的机关，觉得尽这样住下去，不是个道理，乃决计回弋阳活动。

那时，大概是一九二七年八月中旬。

十二、“重起炉灶，再来干吧！”

自国共合作以来，共产党员为国民党命所尽的力，所流的血，所付与的牺牲，不可谓不多了。正因全国共产党员和青年团员在群众中的努力工作，使全国广大工农劳苦群众同情和参加国民革命，又因得到无产阶级国家大力的帮助，国民革命的势力，才能在很短时期内，由统一两广而伸长到中国的中部。只因当时共产党中央，为陈独秀不可救药的机会主义统治着，不执行共产国际的正确路线，不争取革命领导权，拿到无产阶级的手里；而对于不能彻底革命的民族资产阶级，事事退让，拱手将革命领导权送给它，结果，民族资产阶级畏惧工农革命势力的发展，乃中途叛变革命，投入于帝国主义的怀抱中，与中国封建地主阶级结成反革命的联盟，来进攻革命。第一次大革命就因此失败了。昔日在革命运动中努力拼命的共产党员，到此，被捕的被捕，逃走的逃走，坐牢的坐牢，杀头的就更多了——这就是血腥的清党运动！有些在大革命时，企图升官发财而混入共产党的投机份子，现在原形毕露，纷纷登报声明脱离了；另有一些懦怯份子，对反革命的屠杀恐怖，对革命前途悲观失望，躲藏起来，消极不做工作的也有，逃入寺庙去当和尚的也有——这也可以说是共产党内部的自然清洗。只有那真正坚决革命的共产党员，仍继续不懈地奋斗着。这一次，共产党的组织，是遭受了极大的破坏，党员牺牲不小；工农群众由地主资本家的反攻而被屠杀的更不知有多少万人！至今想来，这个机会主义的陈独秀，你造的罪恶也不算小了。

我自一九二二年参加革命，到一九二七年，共有六年，都是做国民革命的工作。在这六年过程中，虽因肺病的纠缠，当然妨害不少的工作时间，但只要有一天病好，我就得积极工作一天；此时，国共分了家，从前在一块做工作的暂时同盟者，现在都现出狰狞的反革命的脸孔来了。不好耍的，一见到他们，就要被他们一口吞去，就要死！不是朱培德欢送（？）去武汉的时候可比了，要找个安全的站脚地，都是很困难的了。

然而，我是一个马克思主义笃诚的信仰者，大革命虽遭受失败，但我豪无悲观失望的情绪。我当时还不了解这次失败的根本原因，而只认为是党不注意武力的争取；他们有军队有枪，我们不要军队不要枪，于是他们的枪头向我们倒下来指着，我们自然要逃走了。假若我在省农协工作时，中央指示要组织军队，那江西八十一县，每县组织一营农民自卫军，是很不难的；有了八十一营农民自卫军，朱培德欢送（？）我们出境，请我们滚蛋，我们倒要先欢送他，叫声“朱先生，请！你滚蛋！”了。就在现在，我们有了相当的武力，他们反革命要杀我们，我们就和他们对杀一场，看他们又能怎么样！？我这种思想，当然是有理由的，这种不要武力，并自动解除武装，缴武汉工作纠察队的枪给敌人的错误，是这次大革命失败的一个非常重大的原因！但这错误的来源，还是由于陈独秀可耻的一贯的机会主义的路线而来的，这是我没有懂清楚的，我只简单的专看到“不该不要武力”这个问题罢了。我越想越气，越愤激！

虽然如此，我又想转来了；这次的失败，只能是暂时的，中国革命的复兴，革命新的高潮，必然要很快到来的。“资本主义的社会必然要覆灭，代之而起的，必然是共产主义；反革命必然要失败，革命一定要得到最后的胜利。”这是绝对的真理，同时，这也是我的基本信仰。好吧！错误是错误过去了，失败是失败过去了，算了吧！重起炉灶，再来干吧！

我把好一点的衣服脱下来，同人家换了几件破烂衣服穿上，化装成了一个什么样子的人，我没有照镜子，也不知道了，只是这样化装一下，一定与原相是有点不同了。我背起包袱，穿上草鞋，一个人独自走回弋阳。途中是经过了一些困难，也遇着一些有趣的事，如果是小说家用文艺的手腕描写出来，倒是一篇好小说，现在我是坐在囚牢里，是没有心情去写了。路上走了十几天，在一个晚上更深人静的时候，摸到了家。喊了几声门，把睡着的父亲母亲喊醒了，他们打开了门，让我进去。“呀！你回来了！”这是我母亲第一句话；接着，我家里的亲人和村中的农民，都来看我。看到我穿着一身破衣，知道我是化装逃回来的，大家不免有点惘然之意。我嘱咐大家要守秘密，不能在外面谈说；大家都说：“这个自然。”我就躲在房里不出来，连吃饭也在房里。

潜伏各地的同志，一个一个被我派人去叫来了。

大家开了一个会，一致反对悲观动摇，灰心消极，认为“重起炉灶，再来干吧！”是对的。因决定从下层群众做起，不要怕艰苦，乃分头到各村去活动，在七天内，居然组成了二十几个党的支部，群众团体，也组织了同样的多。这是因为弋阳九区的群众，在早就受了不少的革命影响，北伐军到江西后，很快就组织了农民协会。第一件事，自然是打土豪劣绅！巨绅张大纲是捉起来了，其余的土劣逃的逃，罚款的罚款，都给了他们以重创！李烈钧的军队退到赣东时，土劣就请了一营人进攻九区，九区集合了五千农民同他们作战，第一天把他们打退了，后因指挥无人，大众溃散，被李军烧了二十几村房屋。漆工镇就在此次烧得精光。群众心里，是永远怀恨不忘的，这次有人去宣传组织，所以他们就很快组织起来了。

检查我们的武装，实在太少了，力量太不够了，乃决定我去鄱阳搞些枪来。鄱阳原有一个警备团，有枪一百支，团长为共产党员胡烈同志，可以说该团是共产党的。我从吉安回弋阳时，途径鄱阳，曾在船上找到鄱阳的同志来说话，要他们将警备团带到弋阳去，以保存实力。他们答应可以，所以我这次去鄱阳，满以为可以将该警备团带来，至少可带来一半；哪知到了鄱阳，那班名为共产党员而实则反动派的鄱阳老，早就以牺牲警备团为与劣绅妥协的条件，将警备团断送了。胡烈同志撤了职，警备团里面的党员悉行开革，革命的警备团，现在变成豪绅地主忠实的守门狗了。我虽然气得要命，但亦无法可想。随后还是争红了脸，说了“你们把枪送给县衙门，就是反革命！”才勉强将存在一个负责同志家里的十支枪拿得来，他们还准备将此枪送还鄱阳县衙门，以清手续呢！鄱阳那些假革命分子，以后都变为改组派姜伯璋的爪牙，破坏革命，不遗余力。

在鄱阳县到省委派来的特派员，听到了他关于中央“八七紧急会议”经过的报告，才知道在共产国际指导之下，党已经严格地指斥陈独秀先生异常有害的机会主义的路线，这一路线将中国第一次震动全世界的大革命，活活地断送了。党重新决定了正确的策略，决定了“土地革命”的口号，决定秋收暴动等。我听到了他的报告，好不满心欢喜！

我急速将十支枪运回，准备秋收暴动，计划先攻下弋阳城，即以弋阳县为根据地——这当然是一种幼稚的盲动主义的幻想。

从此，我开始进行土地革命的斗争了。

在此以前的六年，是我为打倒帝国主义打倒军阀的国民革命而努力的时期；在此以后的八年，直至这次被俘为止，则是我为反帝国主义的土地革命，为苏维埃革命而奋斗的时期。

十三、秋暴未成村先毁

在前说过，弋阳九区大劣绅张大纲，早就与我作生死对头，九区青年社曾经和他打了一年多的官司，早说过是我们打输了，因此，两下结下了深仇。他在当时，讼我们最大的罪名，就是说我是赤化党，想要造反，这在北洋军阀统治下，确是一个不好玩的要杀头的大帽子！当北伐军到了江西，他当然是一个明明显显的反革命、大劣绅，是半句话也没有说的。弋阳县的同志们，就把他捉起来了，捉到的时候，有个被他诬陷坐牢的同志，还打了他几个耳光以泄愤。后解来南昌，押在高等法院，“八一暴动”时，他却乘乱逃出来了。他是非常阴险凶恶的人，他既出来了，哪能让过我们不报仇。就在这时，他运动了一营白军，来进攻我们。

恰当我们召集了各村的农民代表会议，是讨论秋收暴动问题，会尚未开成，而白军已离开不远。我们虽有了十几支枪，但还没有组成队伍，都是分散在各农民手里，自然没有抵抗力量，只好各走各的散会了。

白军进攻的第二天，就到我村放火烧屋。我村家家都放了火，但放火后即开走了；群众躲在山上，看到白军开走了，马上一拥下来救火。还算灌〔泼〕救得快，救起了一小半，八十余家中，就有五十余家被烧个干净！被烧了屋的群众走回家来，不见房屋，只见一片断墙碎瓦，哪能不伤心！女人们都大哭起来，边哭边骂；男人都咬牙切齿，指手顿脚地骂劣绅，咒白军，要与他们拼命。由此，可见用杀人烧屋的手段，去镇压群众的革命，不但无效，反而更激起群众深刻的仇恨，而使斗争加剧起来！

后来，每一次白军进攻，都在豪绅地主绝望的报仇心里指使之下，大烧大杀，有些村坊，被烧过好几次。我村除瓦屋烧完，茅屋还烧了四次。因此，引起群众几年不断的持久斗争；因为群众被烧了房屋，一方无所挂虑，另一方想起来就心痛，所以更加拼命斗争了。

我知道无力抗敌，又毫无斗争经验，乃与几个同志和十几个托枪的农民，到登〔丁〕山村暂避。登〔丁〕山村为一个四山包围的村落，有百余户，多靠做草纸营生，生活很苦，对革命很坚决，全村房屋也是被白军烧得一栋不剩的，这是我们一个可靠的革命村坊。我们暂避于此，布置着去怎样斗争。

由登〔丁〕山向北走五里，就到了磨盘山，这是一座大荒山，山上尽是些茂林修竹，只有一栋小屋子，是看山人住的，根本不能扎队伍。过去报纸宣传磨盘山如何如何者，多数系恶意的宣传，少数是以讹传讹。

我们在登〔丁〕山村住了两天，张大纲又领兵来围；我们早就得到消息，连夜离开了登〔丁〕山，让他们围了一个空。

计划的秋收暴动，算是受到打击没有实现了。

我因几日夜的过度劳顿，又受到激刺，吐血病又复发了。农民将我乘夜抬往一个亲戚家里去休养，整整的养了三个星期才复了原状。其他同志也都分散，运动一时成为停顿的现象。

我在病中，闻知同志们走散了，心里很难过，乃写信到各种找他们回来再干，并责备他们半途而止之非是（其实他们并无半途而止之心，也是缺乏斗争经验）。随后，他们都转回来了，领导农民群众再干，劣绅张大纲所请来的白军，大部分调转去县城，环境不像从前的严重，运动又从〔重〕新发展。大多数农民群众的意见，是要与万恶的豪绅地主拼命到底！

十四、再到鄱阳

我吐血病好了之后，即再去鄱阳，到鄱阳县委去请指示工作；那时，弋阳的区委，是归鄱阳县委指挥的。我将各种情形报告之后，县委指出了我们的群众准备工作还是不够，所以受着白军进攻，就无力击退他。又以我在弋阳做工作，目标太大，惹敌注意，派我到横峰去当区委书记，调黄道同志来当弋阳区委书记。我经过县委的讨论后，更深深地感觉争取群众的重要，没有广大工农群众的团结，根本不会发生什么力量。

我从鄱阳匆匆回弋阳九区时，同志们已经干得很起劲，并还缴到敌人两条枪，大家更兴奋了。不久，张劣绅请来的白军，全部退走，我们就发通告，召集我们所能领导的农民群众，集中出发，攻击张劣绅所盘据的根据地——烈桥。应召而到的群众，有三百余人，沿途临时加入的群众，则有三千余人；攻入烈桥时，张劣绅与其党徒，均逃遁一空。此役，张劣绅受了很大的惊慌，乃远逃南昌、上海，提个篮子卖些肥皂、洋袜为生，俨像从苏联驱逐出来的白党一样的穷途末路，后病死在外。从此，九区就成了赤色的九区了；斗争了八九年，始终坚持，成为赣东北苏维埃革命最巩固的根据地。

我依照党的决定，潜赴横峰工作，正是十一月中旬的时候。

我到横峰的第三天，得悉我妻在鄱阳被捕的消息。因鄱阳那几个假革命分子的告密，机关破坏，共捕去三人，两个负责同志（忘记他们的姓名，只知道有一人是姓林的，四川人，做过江西省委组织部长），捉去第三天就枪毙了，死时极壮烈。我妻因年幼，又无确证，在狱四十余天得释出。

十五、横峰的年关暴动

横峰农村经济的衰败，农民群众的受剥削和生活的贫困痛苦，比较起弋阳来，有过之而无不及。我前已说过：天下老鸦一般黑，又凯独横峰如此，中国其他各地方，又何莫不皆然。在这样的地方，群众如此的贫穷、痛苦、怨恨，和急急地要求解放，爆发一个革命的暴动，乃势所必至之事。日益尖锐的社会矛盾，正如一箱火药一样，只要有根导火线，马上就要哄然爆炸的。

千千万万的农民，缺地或无地，自己亏本地租耕地主的土地，"锄头挂上壁，马上没饭吃"，终年辛苦种田，弄得自己挨饿受冻，不能得到最低程度的温饱，这种情形，能够永久继续下去吗？能够永久压制他们不起来反抗吗？能够永久压制他们不起来要求土地吗？这是做不到的，这是谁也做不到的。

现在国民党所有党国要人，不惜出卖中国，求得帝国主义大力的帮助，用飞机大炮、枪和刺刀，用各种他们能想到的方法，去"围剿"红军和苏区，想把全中国正在如火如荼的反帝国主义的土地革命运动，浸到血泊中去。谁能保证他们的幻想能够实现呢？谁能保证他们到最后不会落得一场空忙碌呢？哼！你想消灭革命？量量你自己有多大力量，你能不能够消灭中国千千万万工农群众的贫穷？你若能够的话，那也省得你劳力，革命包管不会起来；你若不能够的话，哪任凭你怎样"快干、快实、硬干"，终究干不出一个什么名堂来，譬如打火一样，这里还未打熄，那里，那里又都燃烧起来！哼！我还要问问你，你想消灭中国共产党？也要量量你自己有多大力量，你若能够把中国千千万万的工人农民，杀个干净，自然共产党就没有了；但是，不怕你的屠刀多么大，那么快，想杀完中国的工农，是做不到的；那么，就算你再怎样残暴不人道，捉到共产党员就杀，我可以肯定地说，杀了一个共产党员，还有几十几百几千万个新共产党员涌现出来，越杀越多，越杀越会顽强地干！历史注定了你们反革命一定要死灭，无出路，革命一定要得到最后的胜利！

话太说长了，还是转到本题来，谈横峰的年关暴动吧。横峰像一个革命的火药箱，我豪不讳言的，我是燃线人，我走进横峰，把这火药箱的线点燃着，火药爆炸了——革命的暴动很快就爆发起来了。

我到横峰，首先找到黄道同志，他是在“八一暴动”后跑回来隐藏在家的。我将许多情形对他说明之后，我们召集了一个会议，讨论了横峰工作问题。他介绍了横峰的同志给我认识，他也就到弋阳九区做工作去了。

正当大革命失败之后，横峰的共产党员和群众，都受到反革命相当的打击，有的罚过款，有的才从福建逃回家来，情绪不免低落了一些。而且我们提出平债分田的口号，又没有前例可见，究竟做到做不到，不免引起群众的怀疑。他们说：“欠财主老的债，会让我们平了吗？地主老的田，会让我们分了吗？靠得住做到吗？”有的还说：“你是不是有谕子来的？没有谕子来，就是犯法的。”

经过我刻苦耐烦地解释，一而再，再而三，总和他们详细地讲，不使他们听懂了点点头不止。

好了！在几天之内，居然被我说服好几个群众了！他们在被我说懂了之后，说：“照你这样说，革命是会成功的。”我说：“当然的。”我嘱他们照我一样的话，去向村中别的穷人宣传，并邀集起来结团体。经过他们“你邀猪仔狗仔”，“他邀大仔细仔”的邀集介绍，没得一两天，就邀集三十四个人。他们来通知我晚上去他们的村里开会，把团体结好。我与他们开了会，说得这三十四个人都高兴得很。在会中我说：“没有钱用，欠了财主老的债的同志有几个，请举手”，三十四个人一齐举起手来；我又说：“自家没有田种，向地主老租田种，交租给地主老的有几个，请举手”，大家又一起举起手来。他们举过了手，嘈杂地说：“哪一个不是穷的，不穷也不来革命了。”随后，我又问：“大家赞成平债分田吗？”大家一齐举起手来，齐声叫道：“赞成呵！”大家放下手来，你望着我，我望着你都说：“这个还不赞成！我们吃尽了他们的亏！”

于是一个一个地宣过誓：“斗争到底，永不变心！”在红纸名单上自己的名字下画过押，喝过一怀酒，一组一组地编好组，选出团长、委员，这村子的农民革命团，就算是组织成立了。

当时，我们认为农民协会的这个名字弄腻了，故组织农民革命团；凡村中的工人、雇农、贫农、中农，都可以加入，是农村工农群众统一的联合组织。主要的口号，是打倒豪绅地主，实行平债分田，建立工农政府（还没有提出建立苏维埃政府的口号）等，这些口号，很能吸引劳苦群众来参加革命。

一村的农民革命团组织起来，即由这一村发展出去，不上十几天，三四十里内的村坊，都逐渐有了农民革命团的组织了。农民革命团一经建立，这村中的权力，即暗地转入于这些有组织的群众之手；从前村中的叫鸡公、富老板，都没有人齿他，退居一隅了。

有些工作同志太幼稚，不知道怎样去开会说话，我就带他们一路去开会，叫他们坐在旁边听着看着，如此几次，他们也学会了宣传、组织群众的办法。分派他们在各地进行工作，各地的农民革命团也逐渐建立起来。

中国旧历年关，正是工农劳苦群众最难过的鬼门关。那时正当旧历年关迫近之时，豪绅地主都纷纷向工农群众逼租逼债。起初还设词拖延，愈逼愈紧，无法尽着拖延下去。于是各村农民革命团的群众，每天都有十几班跑到我跟前来催问：“什么时候暴动呀？”“还早啦，准备还不够的很！”我答复他们。“赶快动手，实在忍不住了，要逼死人呵！”他们再三说。总要和他们说许多话，才把他们说回家去。但过了几天，他们又来催问：“为什么还不下命令暴动？”

现在来叙述一下横峰暴动时的故事，事情是这样发生的：横峰留德蓝家的农民革命团长，是蓝长金同志，是一个性情暴燥〔躁〕的人，学过了一些武艺，力能敌住两三个人。他与他同村的几个人，用土法开了一个煤洞，每天钻进洞里去挖煤，好的日子，可以挖出两块钱煤来，不好的日子，只能挖出块把钱的煤。为着每天一两块钱的煤，要脱得一身精光，在漆黑无光，水蒸汗臭的煤洞里，过上十几点钟，挖的挖，拖的拖！爬出洞来，满脸满身的乌黑，真不像个人样，倒像个黑鬼了。这样赚得来的几个钱，真是一文钱，一滴血！横峰县衙却要每月都来抽他们的捐，怎叫他们不痛心呢？

有一天，县衙门来了一个收煤捐的委员，到他们茅屋的煤厂里坐下。这委员的神气，十分骄傲，眼睛朝着天不理人，这是他向来如此的，用不着怪；今天，委员到厂里坐了一下，就有点冒火的样子。

在从前，收捐委员到厂来，真算是贵人下降，那还了得！挖煤的黑鬼们，那一个不是恭恭敬敬地招呼他；倒茶的倒茶，送烟的送烟，忙个不得了。就算委员喝惯了又香又嫩的茶叶泡的茶，哪会喝煤厂里有气味的粗茶；吸惯了很好的香烟，哪会吸黑鬼们吸的旱烟；但黑鬼们总得如此做，不然，那就算不敬了。至于捐款呢，不劳委员开口，有钱赶快拿出，双手捧上去，还要说：“有劳委员走路，真对不住！”没有钱，就更得嘻皮笑脸地向委员赔小心，说好话，恳求委员宽限几天，准会送县缴交。今天却不同了。黑鬼们有了组织了，几千人结成了革命的团体，债要平，田要分，捐税那还不要废除！有了团体就有了力量，县官都要杀，哪怕你这个什么鸟委员。所以在委员进厂来的时候，烧锅的黑鬼，就看到像没有看到一样，睬也不睬他，只向煤洞里喊出那些挖煤的黑鬼。他们爬出洞来，也不睬他，只管自己坐的坐，吸烟的吸烟。这样情形，委员哪能忍耐得住，哪能不七窍冒火地发起怒来！

“你们每月五块钱的捐，不按期送县缴纳，还待我来催！”委员大声说，脸上都发红了。

“近来煤出得不旺，凿进一洞又一洞，尽是些石壁烂皮！”一个黑鬼一边吸烟，一边懒懒地说。

“我们官府，哪管你们那些，我们只是要捐！”委员说。

“没有煤，我们饭都没有得吃，还有钱交捐吗？你这个人讲的话，全不懂道理！”蓝长金忍不住大声叫起来。

“呵！原来你们还抗捐不交。我也听到你们这里结党要造反，现在是很清楚了。看！我回衙门报告，明天就把你们一齐捉进牢里去，坐到头发三尺长，你们这班狗东西！”委员高声骂起来。

“你说哪个是狗，你才真是狗！不交捐，咬我的卵去！”张起来回骂。

这一气，气得委员非同小可！他立刻跳起来，赶上去照着张的脑壳一拳打下去。蓝是个活手，早将来拳格住，顺手向委员的肋夹下一推；委员是个斯文人，官架虽大，力量很小，哪是经得住蓝的猛力一推，早已两脚朝天，滚倒在地上。委员毕竟是官场中人，善识风头，看到今天势风不对，再不知机，必定还要吃大亏。就很快翻身从地上爬起来，急向外跑。一面跑，一面喊：

“你们抗捐不交，还要殴打委员，看！明日派兵来捉你们这些狗！”

“咬我的卵！咬我的卵！……”蓝还在回骂。

委员边走边骂的走远了。

黑鬼们不免有些后悔起来，今日这样的粗莽，恐怕是若出大祸来了。看今天的样子，委员是不肯甘休的，明天县衙门定要发兵来，兵一来不是好要的，不是家破，便是人亡。张团长呢，毫不畏惧，用拳头往胸前一捶，说："怕什么！组织农民革命团是做什么用的！打起锣来，召集各村的革命团的人来，追上去把那委员捉回来，杀了去，就没有人去请兵来了。"

黑鬼们都赞成张的意见。大家就飞跑回村，找到一面铜锣，就大敲起来。一面敲锣，一面高声喊："革命团的人都快点来，去捉那只狗委员，他要请兵来捉我们革命的人。"

各村组织好了的农民革命团团员，在家里的或在田坂上做工的，听到锣声和喊声，都一齐托梭标的托梭标，拿大刀的拿大刀，立刻集合了四五百人。就拼力赶上去，哪里还得赶得上，委员早已跑进城去了。

这伙人赶到离城几里的地方转回来，并不解散，集合到蓝家村的祠堂里，杀猪煮饭吃，准备第二天真有队伍来，就同他杀一场。

那时，我回到弋阳九区开会去了，他们连夜派人来赶我转去指导他们。来人将情形告诉我之后，我立刻动身转回横峰。

我刚达到蓝家村，大家就围拢了来，我看看是有千多人。我知道这一暴动，准备还不十分充分，但事已至此，年关快乐，是不能再按捺下去了。当他们围拢过来向我问："同志！怎样办？"我答说："照往日开会所讲暴动时应该做到的事，努力做去，暴动吧！"

在这一晚上，群众都拿着刀枪绳索，自动地到高利贷者地主的家里去取回借字契据。平素，他们一升租谷一文利钱都不肯让的，这时，却驯驯服服将借字契据全拿出来，交给暴动者，并假意说："革命也是好事啦。"

当晚，我发出各地同时暴动的通知，如葛源、青板桥等地，也都暴动起来。

自我到横峰开始工作至暴动之日，共只有二十五天，暴动的范围，却占了横峰全县的一半地区，参加暴动的群众有五万余人，这可见工农群众要求革命的迫切！

我们就在这时，听到了“广州暴动”的消息，心里非常兴奋！后来又听到“广州暴动”被改组派的军队联合英帝国主义的兵舰进攻而失败了，改组派在广州屠杀工人五千余人，心里又非常愤恨！“广州暴动”，开始了中国革命的苏维埃阶段，从此，我们是为苏维埃革命而奋斗了。

横峰暴动，支持了两个多月，全是武装的暴动群众的力量；横峰城扎了一营兵，不敢出城一步，我们还经常到城边去放炮示威，而我身边所带到的，只有一条半截的套筒步枪。

两个月后，才有白军两营来进攻，因种种原因，这一群众的年关暴动，就在白军进攻之下，暂时被镇压下去了。

这次暴动失败的原因，主要的是——

第一、当时我们还没有建立起红军。我们虽有二三十支枪，都还是分散的，没有组织队伍，根本没有什么战斗力。没有红军，是可以组织和爆发一个群众的暴动；但是在暴动之后，不积极去建立坚强能战的红军，无论如何，暴动是不能长久支持下去。

第二、土地问题没有迅速解决，田没有着手去分配，就不能巩固群众坚持斗争的决心。

第三、党的工作太不够了，党的领导机关尚未建立健全，形成了个人的领导。有许多暴动村坊，有了群众的组织，尚没有党的组织。

第四、领导者的幼稚和缺乏斗争经验；白军一进攻，就想不出更多有效的斗争方法，且表现惊慌不沉着，离开了暴动区域。群众失掉了领导者，自然不能继续斗争。这种错误，当然都是我的错误，以后经常想到横峰年关暴动的经过，总感着极大的警惕！

这次暴动，虽然是暂时失败了，但给了群众许多实际利益——如平债分谷分财物等，消灭了一些为群众深恶痛恨的豪绅地主，使群众认识自己团结力量的伟大，革命的实际教育，已深入于群众的脑中，为后来争取横峰为根据地立下基础。

这里要附带讲的，就是邵式平同志在横峰暴动之前，曾来过九区开过一次会；会中决定去弋阳七区活动，未得成效，到此时仍回九区。大家又决定派他去横峰接替我的工作，我留弋阳工作。

十六、一九二八年的艰苦斗争

一九二八年为我们极端艰苦斗争之一年！此时，我们的根据地，只有弋阳九区四十余村，与横峰十余村，纵横不过六七十里。军队虽然是组织了，但枪支不多，子弹缺乏，特别是军事干部缺乏，我们拿住三个在白军内当过几个月兵的人，来做我军的队长班长，军队当然没有什么战斗力。进攻我们的白军，总是两营或一团，欺我军战斗力弱，每村少仅一排多则一连的驻扎，差不多将我们全部所有村庄都扎满了。并且天天派队围山搜山，弄得我们不但无扎机关之处，连藏身地也难找到。日间不能走路，要在夜间悄悄地走；大路不能行，要找偏僻的小路走；房屋不能住，要躲在树林里、岩石下或水沟里的矛蓬里去住。一天要跑几次兵，晚间躲在茅蓬里睡觉，也得留心警戒，稍一不慎，就有被敌人打死或被俘的危险；环境的险恶和困难，是无以复加。

但是，我们是为着主义的信仰，阶级的解放，抱定了斗争到底的决心，所以生活虽然痛苦，而精神还是非常愉快的。愈艰苦，愈奋斗！愈奋斗！愈快乐！有时，我们受着白军的追逐，飞快地爬山越岭；一脱离白军追逐时，我们又唱起革命歌来了，又找到群众开会谈话了。

在那种环境之下，我们能继续斗争，而不至于失败，是有下列几个原因：

一、我们当时的群众工作，是做得很充分的。我们是亲密的与群众联系在一起，大家都是家人兄弟一般。群众不怕受着白军怎样的摧残（这种摧残是异常毒辣的，要叙述出来，是要写一大篇），仍然斗争不懈。群众的房屋被烧毁了，饭锅被打破了，只剩个半口锅，用三个石头搁起来弄饭。我问他们："同志们，很苦吧！"他们总是这样答复："不要紧，革命成功了，就有好日子过了。"群众既如此坚决地参加革命，拥护我们，白军当然不奈我们何。

二、弋阳九区一带，不但地形很好，而且粮食也不缺乏，故能与白军周旋几年，不至失败。

三、就是白军的内部冲突，在一九二八年，军阀混战，经常发生狗打狗的，打了一回又一回。每打一回，进攻的队伍就要调走一次，给了我们休养整理的时间，就算这时间很短，也是很可宝贵的。这对于我们是多少有帮助的。

最紧急最困难的时候，要算是这年的五月了。白军来一次大举进攻，想一举歼灭我们，敌人把我们重要的村庄都占据着；我们的军队，还是经不住战斗。群众躲山过久，随身带的粮食吃光，也难得再支持下去，这时候的形势，确是十分危急！于是我们领导同志，都在一个名叫方胜峰的和尚庙里集会了。会中，有几个同志主张将队伍拖望〔往〕白区跑，我与另几个同志，则坚决反对这个主张。我们认为有群众基础的地方，尚站不住脚，拖到没有群众基础的地方，还能存在不被消灭吗？而且，我们一跑，群众失掉了领导者，革命运动就要立刻失败。经过详细地讨论，都认为逃跑主义是错误的，乃决定好几种斗争方法，分头去进行。好的很，我们依照会中决定的方法去斗争，都得到一些新的胜利，局面又重新开展了。这次会议，的确是赣东北苏维埃革命运动的一个重要会议，如果这次决定逃跑，赣东北革命运动至少要有一个时期的停顿，说不定干部和队伍都要受着损失。

在渡过了这个难关以后的几个月，白军有时进攻，有时又退出去，我们没有得到发展，也没有受到损失。

十月尾，我潜赴湖口，出席江西全省党代表大会，这次大会，是紧接着第六次全国党代表大会之后而开的，讨论了并决定了好几个重要问题。

我会毕回来之后，得悉由于邵式平诸同志对士兵运动的努力，有七十余名白军士兵，哗变来当红军。这不但突然增加了我们一倍以上的武装，而且给了我们一批中下级军事干部，使原无多大战斗力的红军，逐渐强大起来，而成为能战地红军——这就是红十军的基础。后来，这些干部，经过长久的锻炼，都成为红军的高级干部，如颜文清、匡龙海同志，都做了我们红军的师长，其余当任团营长的很多。他们历次作战，都很坚决勇敢，立下了不少可敬的战功。

在这年末，靠近九区的德兴磨角桥一带地方，有三十几个村坊的工农群众，举行年关暴动，成立了苏维埃政府，我们的苏区根据地，扩大了四十余里。

艰苦险恶的一九二八年，终于挣扎过去了。无论在苏区方面，红军方面，白区工作方面，都得到了一些新的发展，虽然发展是不大的。

十七、击破了砍树运动

为要一举扑灭这一小块革命根据地，广信、饶州十余县的豪绅地主反动派，组织联合“围剿”。他们认为我们藏身之地为山林，如果树木砍光了，红军和群众都没有藏匿之所，那就不难一网打尽了。因此，这次联合“围剿”，特别着重砍树！

在各地各村，或用威迫，或用钱买，开始去组织砍树队，这是一九二九年五月间的事。他们准备组织好几万人的砍树队，几天工夫就把九区的树木一齐砍光。他们下了严令，各村都要组织砍树队；凡加入砍树队的人，每人要备柴刀一张，锯一把，米几升。砍树队出发之前，由各村不愿或怕当砍树队的人，凑出钱来，送给砍树队，每人至少二十元。出发之后，砍树队如被红军打伤，每人赏洋一百元；如打死了，则得偿命钱三百元，为了组织砍树队，闹得乡村中鸡犬不宁。以弋阳县做得最起劲，其余各县，虽有成议，表现冷淡。

由于弋阳县官和豪绅地主们的威迫利诱，确也组织起砍树队六千余人，声势确也不小。

我们对于砍树队的策略，是派了很多人打入砍树队，从内部去活动。一面宣传同阶级相残杀的错误，工农不打工农，穷人不打穷人，启发他们的阶级同情；另一面即宣传红军打仗，十分厉害，进九区去砍树，一定要被打死，难有生望。砍树队经过这样的宣传，十分的劲头，已软下了八分，都怕有进无出，有去无归。有些人就愁生哭死地要退出砍树队；有些人则怀着这样的想头：跟进去试试看，红军真打来，拔起脚跟跑就是了，这笔出发费总是稳得到了手。

七月间，联合“围剿”开始了，砍树队也跟了进来。

但是，这次砍树队来的步骤，极不整齐，有的先来，有的后到；有的到了半路就走散了一半；有的是自己打谣风自吓自的跑光了。如弋阳四区的砍树队一千余人，集中在一栋祠堂里睡觉。半夜时分，有个睡在戏楼上的砍树队员，起来撒尿，将尿撒在楼下的壁板上，撒得沙沙地响。就有一人从朦胧的睡梦中，跳起来大喊：“不好了，红军打来了！”这一喊将满祠堂睡着的人，一个一个都惊醒了。大家也摸不着头脑，也不问情由，向着门口就跑！就钻！就挤！于是你挤我，我踏你，人堆人地压倒在一地，弄得狂喊救命，哭声连天！后来看到红军并没有来，好容易一个个地爬起来，查问原因，才知道是人心惶惶，听到尿撒在壁板上的沙沙声，就说为红军的枪声，以致混乱一场！检查一下人数，有三十几个人受了伤，被柴刀割破了脚的，被梭标刺破了腿的，被铁锯挂破了手的，受伤的人，鲜红的血流出来，呼娘喊爷地叫痛，不免叫他人看到心寒！大家就纷纷议论，认为尚未出兵，先就伤人，一定是凶多吉少，不如逃走，以免送死。于是各溜各地，一下子就溜得一个人也没有了。

弋阳方面的白军和砍树队，开进九区以后，只是放火大烧，烧了十几村的房屋，并未动手吹树。因为连绵不断的山，遍山的树，要砍从何砍起，砍光更谈不上。这时，设计砍树剿匪（？）的军师们，才知自己的不高明。同时，白军跟随着几千没有组织好的农民，不但吃饭为难，就是作战也很不便的。白军在九区扎了两天，就慌忙地退走了，我们红军已赶回来，埋伏在要口上，开枪一打，白军倒有些战斗经验，不太着慌，可怜那几千名砍树队，吓得在地上打滚，好几里地上的草都滚葺了！白军边打边退，退到弋阳城。除伤亡三十余人外，柴刀、铁锯、梭标，抛弃了不少。

劳碌了几个月的砍树运动，至此全被击破了。

十八、弋阳的赤化

在白军进攻十分紧张的五月间，党决定我为弋阳县委书记。这时候，在弋阳地区不能找到一个开会的地方，县委和区委联席会议，都移到德兴一座高山上群众躲兵的茅蓬里去开。（群众为躲避白军的屠杀淫抢，统在高山上打茅蓬住，平日无人到的高山，至此，男男女女，分蓬而居，俨成了一个热闹的村落。）但是全县工作同志在县委领导之下，斗争精神都极紧张热烈，都是不分日夜地拼命工作，我自己自然兴奋得很，通常是每日做十四小时的工作。除了吃饭走路，全部时间，都是开会演说，与群众谈话写文件，总要弄到非常疲倦不能再挨下去的时候，才去睡觉。记得有一次开区委训练班，开了三天，每天我都讲课十二小时（那时县委只有我一个人在机关工作，其余常委都是当任旁的工作），上午讲四小时，下午讲四小时，晚间还要讲四小时。我倒越讲越有劲，而听讲的工农同志反而有些支熬不下的，他们对我说："你有这样大的劲头，我们都弄你不过。"

不向困难投降，而要战胜困难；不怕生活艰苦，而要忍受一切的艰苦；不怕工农群众文化知识的低下，而要不惮烦地去说服，去教育，这就是我们当时的工作精神。用这样的精神去工作，所谓"至诚感人，金石为开"，群众那有不被我们说服争取过来之理！成千成万的群众，都跑向我们这边来了。从前没有党的组织的地方，现在建立起组织来了；从前在豪绅地主欺骗压迫下反对革命的地方，现在都来拥护革命了；从前在九区周围有一条反革命的包围圈，现在是无形消灭了。从一九二七年的十月直至一九二九年的六月止，整整有一年零八个月，我们被封锁在这狭小的九区的铁圈里，不得伸展出去，到这时，党的组织，才由九区一隅伸展到弋阳全县，这真使我们快乐得很。

在击破砍树运动以后，群众对国民党政府的信仰，完全失堕了。"砍树！饭桶子的计划！"这是一般群众对反动派的评论。在党的领导之下，群众斗争的勇气提高了，又值秋收时节，群众不愿交租给地主，就掀起了弥漫全县的秋收暴动的风潮！弋阳在信河北岸的地方，全暴动起来了，建立起苏维埃政府。扩大了苏区一百余里，增加群众八万余人。只剩了一座弋城，还在反动派手里。信河南岸的地方，也建立秘密的党的组织。

就在这个时候，贵溪也起了几万人的秋收暴动，因为在方胜峰庙里会议的时候，就派了黄道同志秘密去贵溪进行工作，经过一年余的准备，乃成熟了今日的秋收暴动，恰与弋阳的秋收暴动相呼应着。

弋阳的工作基础，当然比较贵溪强些，为巩固贵溪的暴动胜利，党又派我到贵溪去工作。

我当任弋阳县委书记，历时共四个月。

十九、贵、余、万的赤化

我刚达到贵溪，就遇着白军从贵城来进攻这新暴动区，想一下子把它镇压下去。白军进攻时，到处烧杀淫抢，是他们的拿手买卖，到处皆然，不必细述。

当时，我们还仅有红军三连，就开去打，向前一个冲锋，已将白军的前卫击溃了；再冲上去，白军的水机关枪响了，冲锋的队伍，马上溃退下来。这是什么道理，难道碰着了鬼！？原来我们这三边红军，自成立以来，有了一年半的时间，虽经过不少次数的战争，但作战经验究竟还幼稚得很，没有遇着过用机关枪的敌人，没有听过机关枪响，所以今天听到机关枪响，就惊慌溃退下来。不但没有缴到枪，反伤亡了七人，白军就进占了贵溪暴动的中心地——周坊。

红军在贵溪作战未获胜，乃开往横峰，攻敌弱点，没费什么大力，就攻下了横峰城，缴到一批枪械。

红军开走之后，我检查贵溪工作，知道贵溪同志都很幼稚，连普通的革命常识都还没有学到。我就替他们开训练班，从头教起，告诉他们如何去工作，如何去领导群众斗争。

训练班开后，所有工作同志都分派下去领导群众斗争，将驻周坊的白军用群众的力量围困起来。群众的斗争情绪很高，就是靠近周坊的村坊，群众也是在家眺高守夜，拿起武器斗争着，白军扎在周坊，不敢出村一步。

过了二十多天，红军又开来贵溪作战了。周坊只剩了一连白军和余江靖卫团。红军就决定进攻周坊白军。接火之后，白军全连人蹲在壕坑里应战，却让后面一座俯临壕坑的小山给余江靖卫团去守。红军派出一个连向这小山上冲去，还距离几百米，靖卫团就一溜烟逃跑了。红军占领了这小山，即向壕坑里猛射。伏在壕坑内的白军，听到背后打起枪来，还以为是靖卫团瞄错了目标，后看见山上插了红旗，知道是红军占领了这个重要阵地，乃急急退出战斗，但已来不及了，归路被截断了！红军从四面冲过来，白军都束手被俘。此役缴到一连步枪外，并缴到水机关枪一架。这是我红军缴水机关枪的第一次。此次胜利，提高了红军的战斗情绪，从此不怕同有机关枪的敌人打仗了。

第三天，红军又在德兴梅溪畈地方，击溃了白军一营，白军虽带了三架水机关枪齐放，红军还是向前冲锋。白军溃退时，三架机关枪都丢在水沟中，可惜未寻着。这与一个月前听到机关枪响就溃退下来者，全是两个样子。

周坊的胜利，更加使群众高兴，斗争更加勇敢；贵溪苏区，就很快发展出去，贵城之外，都成了苏区。

我又从余江、万年逃难的同志中，提选出好几个人来，放在县委机关训练。后派他们各回本县工作。我经常去指导和帮助他们，余江、万年的工作就渐渐地开展了。红军后来又在余、万打了几个胜仗，遂创造了余江、万年的苏区。这两县的群众斗争，也很顽强，不怕白军怎样摧残，他们仍是坚持不懈。最可敬的，就是万年东源村的群众，拿两支枪同驻富林的白军打了整整的一年，结果，驻富林的白军，还是抛弃碉堡逃走了。

因为红军的胜利和苏区的扩大，一九二九年下半年的环境，是大大地转好过来。在西线，扩大了弋、贵、余、万四县苏区；在东南线，横峰苏区扩大了几倍，差不多全县都收入苏维埃版图；上饶也举行了年关暴动，成立上饶苏区；在北线，德兴苏区也有新的发展。白军小的部队，是不敢随便进入苏区。因此，我们脱离了天天爬山爬岭，躲山躲坞的生活，比较安稳地建立起机关来做工作了。

党派周建屏同志于此时到了。他领导红军打了许多胜仗，他是创造红十军的一个主要领导者。

总结一九二九年，是我们胜利发展的一年！不过红军的胜利，比较苏区的发展，是要落后一点。军事干部不强，军事领导机关不健全，是其主要原因。赣东北苏区历史虽长，但发展远远地落后于中央区和鄂豫皖区，这就是一个最吃亏的地方。

二十、五个月的军事工作

胜利的一九三〇年到来了。

在二月初，党决定调我去作〔做〕军事工作，要我当任赣东北军委会主席。我接到了通知后，就离开贵溪回来。我当任贵溪县委书记，历时五个月。

当我接受军委工作的时候，我们是有了一个“江西红军独立第一团”，有步兵五连，机关枪一架，我们叫这架机关枪，为一不中用的公机关枪，到于今还没找到配对的爱人，还是孤伶伶的独自一架。在各县还有一些游击队。军委会范围很小，从主席到卫兵，共只有二十余人，机关扎在群众家里，房屋很小。

我锐意要整顿和锻炼我们的队伍，要把独立团练成一支有较强战斗力的精锐队伍。因为队伍不多，所以我采取的工作方法，是自己亲自深入队伍中去检查，去讲话，去指导，去督促。发布一种工作的命令，我必要将这命令的意义和内容，向战士们解释清楚，使他们都懂得为什么要如此做以及怎样去做。对于战斗员的生活，极力改善，加以爱护，亲之爱之如家人兄弟一般。对于军纪，特别是作战的军纪，不论何人，都是严格执行，不稍宽贷，首先称自己就做到一个模范地遵守红军纪律的人。对于训练，主张认真切实，无论操场讲堂，不许丝豪敷衍。对于管理，主张严格，一举一动，都需照规定执行。只有如此，才能渐渐地扫除从农民土地革命中产生出来的红军附带而来的游击主义的习气。虽然在当时，我们手中没有一本关于红军政治工作的书籍，政治工作的方法懂得很少，但我注重多开会议，多讲多说，也就可以将红军的政治水平和战斗情绪，提高起来。

经过一个短期间这样的整顿训练，独立团原有的一些散漫混乱的现象，逐渐肃清，变成整齐严肃的正规红军了，战斗力也随之较前加强。各县游击队和补充营（四连人）也经过同样的整顿，都日有进步。

自己打自己的蒋、阎、冯军阀大混战爆发了，进攻我们的队伍，大部分调走了，各地方差不多都是靖卫团驻守，这些靖卫团都是畏红军如虎，一打就要缴枪的。所以独立团在群众拥护帮助之下，每月都打了好些胜仗，消灭了许多靖卫团，同时，也打败了好些白军的队伍。红军每月所缴的枪，比一个普通兵工厂造出的枪还多。

其中以消灭德兴黄柏塘靖卫团之仗，是有趣的，可以看出红军艰苦奋斗的精神。黄柏塘靖卫团，是一队最凶恶的地主武装，士兵尽是当地的流氓地痞，压迫敲诈群众非常厉害。在四月的一天，该队盘驻于张家川村，群众来报告了消息，红军当夜就出发去消灭它。那晚，天下大雨，黑暗无光，的确是暗到伸手不见掌的。又要越过一座有名的又高又峻的大茅山。红军打敌人要紧，不怕那些困难；每人将面巾搭〔扎〕在自己头上，后面的人，可以看到前面人头上的面巾，发出一毫毫的白光，借此脚跟脚地走去。越过高山时，跌死了一匹马，跌伤了好几个战斗员，跌倒又爬起来的人是很多了，终于在拂晓时达到张家川。该靖匪满以为又雨又暗，哪里会有红军飞来，大家都安安稳稳地睡觉。听到枪响时，红军早已冲到身跟来了。捉到了一部分，多数都往村前正在涨洪水的河里跳去溺死了。这靖卫团消灭之后，全县群众都快乐的很，“这一伙害虫也会死！”苏区马上发展了三个新的区。

其次，就是独立团进攻秧畈之战。秧畈是乐平东南乡的一个大村，驻扎了白军和靖卫团，建筑了工事，经常进攻我弋阳七区的苏区，把七区八十余村的房屋，十成烧掉了七成。七区群众，恨之入骨，每天都有十几张报告到军委会，要求派红军去消灭秧畈的土匪军。在五月五日——马克思的生日，独立团开去进攻秧畈，军委会下了最严格的命令，进攻驻秧畈的白军，只准前进，不准后退，后退者枪毙！拂晓时分，红军开始了攻击，白军伏在做好了的壕坑里打枪，红军就沿着大田畈上冲锋前进；冲到敌人的壕坑边，一个冲上去打倒了，第二个又冲上去；第二个又打倒了，第三个，第四个……仍是联络不断地冲上去！守兵恐慌而动摇了，枪只是敌放打不中一个人，看到红军雪白放亮的刺刀刺上来，拔起脚就朝后跑；但红军已冲到身边来了。于是打死的打死，被俘的被俘，脱逃的只是少数。红军得了完全的胜利，只死五人，伤二人，就是在冲锋时被敌打倒的。“胜仗伤亡少”，这话是不错的。第二日，红军又在众埠街打了胜伏，接着就将乐平东南乡各村埋茂的地主武装缴出。在一星期内，共缴到长短枪三百余支，而独立团本身所有的枪，也只有三百余支。

从此以后，独立团势如破竹地连续攻下河口、景德镇、弋阳、余江、乐平、德兴等城市，缴获不少。袭击景德镇的行动，算是执行得很好的。独立团在一日夜间，行军一百四十里，晚间又是倾盆大雨，洪水骤涨，桥梁冲倒不少。红军冒雨悄悄地前进，行过各村镇，居民都睡着。当红军到达景德镇时，商团还不知是什么队伍，有几个商团士兵，在街上买东西，见到红军，还举手敬礼。只打了几十枪，就将在镇队伍完全缴械了。红军在镇，纪律极好，公平买卖，没有扰民之事发生。那时，红军禁吸烟，几千人没有一个人吸纸烟，这不能不使镇上的人惊奇起来，为什么在乡村里能训练出这样的军队来。

我们红军力量，加倍地加强了。客观环境又甚顺利，在津捕路上，蒋、阎、冯还在酣战，无力顾及我们，我们就在这时，得着了极大的胜利；在三个月内，独立团发展了实力三倍以上，占领了好几个城市，苏区纵横五百余里，人口有一百余万。

“左”的盲动主义的立三路线，统治着党的中央，来了一个指示，要将独立团改为红十军，调我去当任苏维埃工作，红十军马上就要开去彭泽、湖口方向行动，为的是要执行全国的暴动计划。

在一九三〇年七月 × 日，中国工农红军第十军宣告正式成立，辖步兵三团，以周建屏同志为军长，邵式平同志为政治委员，并誓师出发湖口、彭泽方面行动。在湖口江桥打了一个胜仗，消灭了南京的税警团，缴到许多新式武器。

我当任军委会的工作，历时五个月。

二十一、国民党第一次“围剿”

八月一日——南昌暴动的纪念日，在弋阳的芳墩，开江西东北全特区工农兵代表大会，到会代表三百余人，决定了一些重要问题，选出了执行委员，成立江西东北革命委员会，我当选为主席，从此，我就专做苏维埃的工作了。

全国红军猛烈的发展，根本动摇了国民党的统治，所以蒋介石极力求得内部妥协，很快地结束了津浦线上的战争，而将他的军队，集中起来，调来江西“围剿”红军，进行第一次的“围剿”。

第一次“围剿”是在十一月开始的。白军第五师，由彭泽、湖口方面急进，向我红十军压迫，使我军退出景〔德〕镇、乐平等地区。这些区域，虽建立了苏维埃，名为新苏区，但群众工作太差，土地未分配，群众武装和游击队未建立，故红十军退到那里，新苏区就坍台到哪里。红十军直退到万年珠山桥，才与五师接触，未获胜利，乃开往上饶方面行动。

这时上饶城无白军，只有靖卫团兵两百余名，红十军进攻该城，那两百靖匪，怎能守住这座大城。接火未一刻钟就被红军攻入，这靖卫团是全部消灭了。第三天又进攻河口，扎河口的是新编十三师的李坤团，经三小时的激战，李团大部被消灭，步枪、机关枪、迫击炮全都缴来了。这两仗可说是一次“围剿”中打得较好的仗。

可惜自这两仗之后，红十军就没有打得什么好仗，不久，白军第四师、第五师都开了来。白军在苏区东打西打，苏区受了很大的摧残和损失。

我们所占领的城市，除横峰城外，全部失掉。

苏区一年来没有白军进攻，群众的武装组织——如赤卫队，少先队等都松懈下来；群众的武装，也多生锈或遗失。现有白军进攻，群众自然减少了斗争的力量，只晓得牵牛担被袱去躲兵。革命委员会看到如此下去，是很危险的，乃下令要各级苏维埃，立即将各村的贫农团整顿恢复起来，并以村为单位，合起伙食，吃大锅饭，脱离生产，集中武装，配合红军作战。如此做了十多天，群众都有组织的上了火线，红军才不是单独对白军作战，是有群众配合帮助了。苏区自白军进攻表现出来的那种风雨飘摇的形势，才转变过来，渐渐地转入于巩固之中。

一九三〇年，可说是大胜利的一年；假若我们不执行错误的立三路线（虽然在执行中，因行不通，修改了许多），那我们所获胜利必更大。但错误是已经不可挽回的错误过去了。

只有苏维埃才能救中国。

二十二、红十军第一次进闽北

红十军自上饶、河口胜利后，就好久都没有很好地打过胜仗。一来，红军中的政治军事工作，都做得不好；二来，十军的领导同志对战略战术的了解，不但模糊，而且错误。在敌人残酷地“围剿”苏区中，红军的主要任务，应该是配合游击战争和群众斗争，坚决地打破敌人“围剿”，来巩固苏区根据地。他们不这样去认识自己的任务，反而发出一种“要巩固赣东北苏区，首先就要巩固中央苏区，中央苏区巩固了，赣东北那还会不巩固起来”的奇怪理论，因此，他们认为红十军不应该再在赣东北苏区作战，应该就拖到中央苏区去。他们这样的理论，当然仅是一种表面的诡词，实际上确是对敌人“围剿”，动摇恐慌，认为无力战胜敌人，因而想一跑了事！这明明显显是十足的逃跑主义，不克服这种逃跑主义，红十军是不能胜利的，赣东北苏区是不能巩固的。当时白军在苏区内横冲直闯，要打击和消灭敌人，并不是困难之事，可是十军领导同志对战术的运用上，也多是犹豫迟疑，不少缺点；大仗打不胜，不能打；小仗又不愿打，结果等于无仗可打。我们当时是认识了他们错误的危险性，与他们作了坚决的斗争，并用政府的命令，制止他们的逃跑思想；可是因为我们理论上的幼稚，不能从理论上明确地说服他们，他们还与我们争论了不少的时间。从此，我们得到一个宝贵的革命教训，就是在革命胜利发展，环境十分顺利的时候，最要防止胜利乐昏了头脑，而发生“左”倾盲动，以及腐化享乐，不艰苦做工作；在敌人积极向我们压迫，环境险恶的时候，就最要防止右倾动摇，退却逃跑，投降主义与逃跑主义的危险。因为红十军没有得到很多胜利，白军在苏区烧杀淫掳，苏区群众受着极大的摧残和痛苦，并引起苏维埃政权的不巩固，党又决定我去红十军工作一个时期，以求得红十军工作的转变。

在一九三一年三月间，我到红十军去暂代政治委员。（那时，邵式平同志早已调回当任军委会主席，涂振农同志当任十军政委）在前说过，我对于红军中政治工作的知识和经验是不够的；中央出版的各种红军的政治工作的书籍，我们没有接到一本，许多行之有效的政治工作的方法，我都很少知道。但我有的是革命的热诚和积极性；我仍如在军委会工作一样，深入队伍中去，不惮烦地去检查，去讲说，去指导，去督促；内务，操场，讲堂，以及关于各个战斗员身上许多琐屑的问题，我都亲自过问；军中会议，我亲自参加的多。好的事尽量发扬它，不好的事则严格指责，不稍宽假！在我的影响之下，红十军的指战员同志都高兴热烈起来，在葛源一个星期的整顿训练，军中一些散漫混乱的现象，纠正了不少，与从前颇不相同。

白军十八师有一团兵进驻贵溪周坊造碉堡，已造了一丈多高。周坊与贵城，距离五十多里，都是苏区地方，他这团兵无联络无接济的孤军深入，自然容易打坍他。红十军开去贵溪行动，两日打了两次埋伏仗，都取得了胜利，周坊的白军就动摇退走了。第三天，红军又开去攻击余江横山徐家的保安团，赣保安团占驻横山徐家村背的三个山头，山头上都挖了立射散兵壕，扎了鹿砦工事颇称强固；红军须通过一个大田畈，才能进攻到山县下。接火后，保安团伏在壕内向着在田畈上冲锋前进的红军快放，的确是弹如雨下，红军接连倒下来十几个，仍冒弹跑步前进，将冲到山脚下时，保安团动摇了，翻身就跑，红军脚挨脚地追去，追了十余里，将其一营消灭，才集合回来。红十军这次在贵、余三日三仗，三仗皆捷，将贵、余苏区巩固下来。

正当此时，闽北苏区，大为吃紧！闽北红军独立团屡次失利，团长牺牲，士兵动摇，失却胜利信心。闽北白军欺独立团的子弹缺乏，不耐久战，专以小部分兵力，利用土屋，开凿枪眼，来对抗红军。白军常以一排兵扎一村庄，也不要怎样警戒，只放个卫门哨，看到红军来了，卫兵钻进门内，将门关上，就在墙上预先凿好了的枪眼放枪，红军往往对打个整天，都不能攻进，还要伤亡好多人。团长潘骥同志（他是余干人，是白军中哗变过来的，他训练队伍很好，作战也勇敢）就在攻土屋时，被敌弹打破了全个嘴巴，抬回来待了三天就牺牲了。白军就用这个战术，分散兵力，将闽北苏区一些较大的村庄，全部占据着，闽北只保存了崇山峻岭中的几十个小村落。

闽北派了一个同志来请求援助，红十军乃开进闽北作战。

由上饶渡过信河，出石溪，遇着白军一个旅长、两个团长，坐了三顶绿呢大桥来，一打，大轿丢下逃走了。当晚占下石塘宿营。到了闽北，派了一部队伍，去围攻长涧源土屋中之敌，他们的卫兵，见得我红军来，仍是向屋里一溜，将门关上。我们将土屋围攻了一天两晚攻下了，屋内的白军和反动派全部被俘，从此，白军就再不敢利用土屋作战了。

长涧源战后的第二天，红十军开去打赤石街。约摸早晨三点钟，红军的前卫团，达到赤石街，与守敌乒乒地打响了。斯时除枪声外，真是万籁无声，周围寂静，在近处只听出很细微的沙沙的队伍行步声。“的的打打的的的，的的打打的打打！”前卫团吹起前进号来了。

在这寂静的空气中，传来这几声尖锐的号音，觉得又是清脆，又是悲壮，使人人都发生拼命冲上去的兴奋情感！号音吹过，队伍突然快步地行进了。赤石街是临崇河的一个市镇，除临河一面，三面都筑起了两丈高的围墙，并有八个碉楼，守敌为福建海军陆战队。我红军冲锋真不怕死，打倒一个又上去一个，经三小时的激战，我军伤亡了七十余人，还没有冲上墙去。地上躺着几十个从前线抬下来的负伤战士，从他们的伤口中，鲜红的血一阵一阵地淌流出来！军医忙着替他们扎绷带。我走过去安慰他们说："同志！你们宝贵的血是为苏维埃政权流的，请忍耐痛苦，我们会竭力替你们医好来的！"他们都答复说："不要紧的，请你督促队伍杀上去，将土匪军消灭去就好了！"崇安城的白军，打接应来了，我们早已配备了充分的兵力去对付他们。他们队伍刚刚展开，我红军就是一个猛冲锋，他们哪里挡得住，马上就溃走了。机关枪迫击炮都丢了下来，红军随后紧追着，大部分缴了械，一小部窜入崇城，另一小部来不及进城，都跳到崇河溺死了。赤石街守敌，看到援军失败，也慌慌地逃走，红军占领了赤石街。

一直到现在，我脑中还清晰地存留着一个英雄的肖影，这就是我们的卫兵连长；他的姓名我忘记了，好吧，他就做个无名英雄吧！他在击退崇城援敌的火线中，缴敌步枪三支，但身负三伤。我们叫担架将他抬着走，令他好好地休息。我对他说："火线事你不要管，你静心养好你的创口吧！"他点点头。忽然另有一部敌军打来了，枪声颇激烈。他从担架上跳了下来，从跟随他的卫兵手里，拿下他用的驳壳枪，上好子弹，一步一颠地向敌方走去；他喊叫着指挥队伍冲上去，很快就将敌消灭；他又缴到枪五支，但这次他却在阵上牺牲了。

崇安城本不难攻入，唯当日在赤石街激战与击溃崇城援敌中，伤员不少；我们这次算是在白区作较大战争的第一次，兢兢业业，唯恐失利，城内情况不十分清楚；傍晚时，又受了一个意外的敌人的冲击，将我第三团团政委胡烈同志打死，以致影响攻城决心，遂撤回坑口。可惜的很，当时没有坚决攻城。如果那晚攻城，城中两个正在战栗着的白军旅长，是很难有脱逃的可能了。

在坑口，我们在胡烈同志的棺前，开会追悼他及阵亡将士。当我们刚开口唱国际歌时，一阵悲哀情绪涌上来，喉咙哽咽着不能出声，一眶热的眼泪不觉就滚出来了。我们的老将军周建屏同志和到场的战士都流下泪来，我们是痛悼着我们失去了的英勇战士。

将在闽北缴到的枪支，全数留在闽北，并留下一很能战斗的特务营，作为闽北红军的骨干。经过红十军这样重大的帮助，闽北党的工作，又作过严格的检阅，闽北的苏维埃运动，才又重新向前发展。

红十军这次进闽北，除军事上得到胜利，打了十一仗，仗仗皆胜，建立红十军在闽北的军威外，主要的，还是这次的胜利，奠定了闽北苏维埃和红军向前胜利发展的基础，这是政治上的一个极可宝贵的收获。

红十军因急于回赣东北苏区，在坑口休息了几天，即由上饶的另一路线折回。两日行军两百余里，就到了上饶沙溪街的对岸。当时，白军以红十军远出白区，企图在白区包围歼灭我们，将信河所有的船只，都调集于几个城市，使我们不得渡河。但红军是具有克服各种困难的力量，终于在沙溪下游五里之处，找到小船五只，先渡过一团人，占领了沙溪街，再将沙溪街河下扣系的船只开过来，全部红军就安稳地渡过春水泛涨的信河。回到赣东北苏区后，队伍已经是很疲乏的了。

红十军折回后，情绪高涨，个个都决心要消灭白军五五师，在白区都能打这多胜仗，在苏区打仗，更有把握得胜。时五五师有一团人驻芳墩，筑了城墙，企图久住。红十军只在冷水坞地方，截击它的交通部队一次，不上一刻钟就消灭他的一营，驻芳墩的残部，就连夜逃走了。

中央派来做红军工作的几个同志，已经到了，我就交卸政委的责任，仍回苏维埃工作。

此次当任军政委，虽只四十五天，虽比较做后方工作要辛苦得多，但精神却是十分愉快！因为我觉得人生最痛苦的，莫如战争的失败；而最快乐的莫如战争的胜利。战争一次一次的胜利，那胜利的喜悦心，简直会忘记一切疲劳和辛苦，就是几天不吃饭，也没有什么要紧了。

二十三、为国际路线而斗争

赣东北的党，是经过极端的艰苦斗争的锻炼的。不但是领导同志，就是一般入党较久的党员，革命意志，也多是坚定而不动摇的。在艰苦顽强与阶级敌人作斗争这一点来说，赣东北的党，不会比哪个地方的党逊色；在理论准备的程度上说，那就不免落后了一点。原因：（一）赣东北党的领导同志，从来就没有受过真正的布尔塞维克列宁主义的教育和训练；在陈独秀机会主义时候，我们都是省一级的负责党员，但对于中国革命的许多基本问题——如中国革命的性质，革命的动力，革命的转变等问题，不但我们没有一个明确的概念，就是陈独秀、彭述之之流，也就没有摸到这些问题的门户；同时，那时党的工作作风，完全是家长制度，国际来的文件和指示，全没有翻印过，发给各级党部去讨论。一九二六——一九二七年我在南昌，是当任省农民协会秘书长的重责，同时又是江西省委农委书记，做了十个月的工作，除了看看《向导》报外（《向导》报就够不上是一种健全的党的机关报），其他的党内文件，就一本都没有看到，连党的五次大会的决议，也未见过。当时，我与其他许多同志，常这样想：国共合作，当然是不会长久下去的；什么时候会分家呢？分家时，共产党该怎样做呢，是不是要来一个暴动以打倒国民党呢？现在党该怎样准备呢？……这些问题，党始终没有为我们阐明过，我们也就得糊糊涂涂的过下去。本来上述许多革命的基本问题，列宁同志在生前就明白正确地解决了，写在他的著述里；可惜当时中国党的领导同志，庞然自大，不去虚心学习，自己陷入于机会主义的泥坑，将中国第一次大革命引导到失败。因此，无可讳言的，我们对于马克思列宁主义还是门外汉。（二）一九二七年以后，我们与中央的联系，极不密切，中央的许多重要文件和书报，我们都很少接到——我们接到中央的一本书，就等于拾得一件稀有的珍宝一样，争相传阅。所以我们理论的进步，自然迟缓的多。

在长期斗争中，在解决许多实际问题中，我们不期而遇的是有过正确的立场，反对不正确的倾向，如屡次反对逃跑主义，反对过“左”倾向，紧紧地把握住“团结群众”的路线，以及反对立三路线等——立三路线开始传到赣东北时，我们曾经开会坚决反对过，认为是错误，后立三路线的中央六月十一日的决议来了，大家才不敢说话——但是我们反对那种错误，都不能从理论上圆满地说明其错误的性质、由来与危险性，不过多半是觉得在实际上行不通罢了。

因为理论上的薄弱，政治上的幼稚，与工人领导同志的阶级性，有些问题是解决得不正确的。最中心的是土地问题的解决，缺乏明确的阶级路线，犯了富农路线的错误，同时我们也执行了立三路线，虽在执行中，是打了好些折扣。

党中央的四中全会，是在共产国际正确领导之下开成功的，严格的揭发立三路线的错误，开展全党的反立三路线的斗争。拿立三同志的路线与共产国际来信所提示的路线对照着，愈加清楚地看出立三路线是错误的，是有害的，是半托洛斯基主义的，是“左”倾盲动主义的；照这条路线做去，会将中国革命重复引导到失败，实际上因执行立三路线，已使中国革命受到很大的损失！国际路线，才是正确的，是列宁主义的，是领导中国革命到完全胜利的大道。中央四中全会的决议传到赣东北时，我们满心欢悦地完全同意中央的决议，拥护国际的路线，在党内开展了反对立三路线与拥护国际路线的解释运动。随后，中央又派了中央代表前来，召集党代表会议，将赣东北几年来的工作，来了一个总的检阅。主要的有下列二点：（一）揭发了赣东北工作中立三路线的错误及其恶果；（二）揭发了富农路线的错误，并决定肃清富农路线的实际工作，如按照阶级路线，进行土地的重新分配；苏维埃的改造运动；农民群众阶级成分的重新确定；群众团体组织成分的审查和洗刷；以及党员成分的审查和洗刷等。党及群众工作方法亦须转变和改善。这次大会提高党员政治学习的热情，提高全党的理论政治水平，提高国际和中央在党员和群众中的威信。在群众中，则开展了反富农的阶级斗争，更加坚定和发扬基本群众革命斗争的决心和热情，苏区因之得到更进一步的巩固。

这次会议，最大的缺点，是：（一）没有十分抓紧最中心的红军问题，如矿大红军，加强红军，改善红军中的政治工作，领导红军争取战争的胜利等问题，都没有特别有利的决议。（二）对于已表现出来的右倾保守主义，没有尽情地揭发，给以打击。（三）对于赣东北过去工作的优点，如团结群众的工作，艰苦奋斗的精神，从前好几次反不良倾向的斗争等，都没有特地提出来，以作今后工作的教训，这未免有一概抹杀之处。此外还有其他错误。所以中央来信批评这次大会说，没有抓住共产国际来信所提出的三位一本的中心任务，并有些地方，表现出右倾的估计。中央的批评，完全是正确的。

这次大会，是赣东北各种工作转变——转入国际路线领导下的关键，从此我们是在国际路线下作斗争了。

二十四、右倾保守主义是我们最凶恶的敌人！

在一九三一、三二、三三，三个年头中，环境都是很顺利的。向周围广大的发展，并没有多大的困难。而障碍红军伟大胜利与苏区迅速扩张的，就是右倾保守主义。右倾保守主义在赣东北确是根深蒂固，从来就没有受到最严格的打击和揭发，坐让着顺利环境白白地过去，至今想来极为可惜！一九三三年十月间，我们接到中央的指示信，将我们右倾保守主义的错误，尽情地详细地揭露出来，给了右倾保守主义第一次的痛击。那是，我代理了赣东北党的省委书记，我是完全同意中央的指示，我尽我力所能及地领导党内同志们向保守主义攻击，无情地检阅和批评我们工作中保守主义的错误。这些错误表现在：

（一）没有猛烈地扩大红军，对扩大红军的意义，了解不够；在一九三三年红五月扩红动员中，已报名当红军的几千人，却因粮食困难与武器缺乏的缘故，通告延期召集——这等于对扩大红军的怠工。

（二）红军始终不敢在白区进行较大的战争，一到白区，就是兢兢兢业业，唯恐失败，打个圈子就转回来，总在苏区内线作战，不但失掉了不少伟大胜利的机会，而且苏区也常受白军的进攻蹂躏。

（三）各县独立营团和游击队，总是晚出早归，不敢在敌人空虚已极的后方，进行较长时间和广泛的游击。

（四）所有强有力的干部，都留在苏区内工作，不舍得派几个到白区去进行秘密工作，以扩大大块苏区。就是有白区工作的地方，也是发展迟缓，党没有经常的给以指示和督促，比较起一九二八——二九年向外拼命发展的精神，反而逊色多了。

（五）苏区有些建设——如建立公园等，是带着保守主义的意味，解决财政问题，也是面向苏区，而未着重在白区打土豪筹款。

因为右倾保守主义的错误，红军虽仍是不断地取得胜利，而且有几次胜利——如杨家门的两次胜仗，红十军第二次进闽北的胜利——是可夸耀的，但终竟是远远地落在中央红军和红四方面军伟大胜利之后。苏区在三年中不但没有发展，且有部分的缩小，这都是值得引以警惕的。

保守主义的政治来源，中央指出是：（一）对于目前日益发展的革命形势，估计不足；（二）对于工农红军的战斗力，估计不足；（三）对于苏区和白区工农群众的革命积极性估计不足；（四）而对于反革命的力量，则过分估计，总之，是来源于右倾机会主义的思想。

中央的指示信，给了我们极大的热力，推动我们全体同志热烈的前进。我们除在政治上解释保守主义的错误外，在实际工作中布置上，有了许多新的转变；

我们着重扩大红军运动，将它列在工作日程的第一位，因此，扩大红军就收到更大的成绩，党员和群众中一些怕当红军的观点，都克服过来，人人都视当红军为革命者应尽的光荣义务。

我们的红十军和独立营、团、游击部队，也开始向外出击，获得了好些胜利，但仍是极端不够。红军中的右倾保守主义的情绪，还未彻底肃清。

我们着重扩大苏区，在两个月内，我们扩大了新的十二个区，在未反保守主义以前，两年都未做到如此成绩。因时间过短，未能将它们全部巩固起来，有几个新区，在敌人碉堡政策的进攻下，被敌占领，暂时失败。

白区工作，是用了最大力量去进行。不久之后，我们于发展了苏区周围的白区工作外，重新开展了皖赣、皖南的工作，现该二处都建立了苏区和红军。我们计划在四个月内建立一百五十个区的秘密工作，没有全部完成计划。

其他工作，也都得到相当的成绩。

残酷的五次“围剿”到来了，敌人以堡垒主义的战术逐步向苏区推进，形势较前紧张，斗争更加激烈，同时，摆在我们面前的困难，也就更加加多了。回忆从前环境顺利的时候，保守着不积极向外发展，丧失了许多良好时机，真是十分可惜！

右倾保守主义，是赣东北最凶恶的敌人，就是这次红十军团受了损失，其原因也可说是由于保守主义，假若很早就注重皖南工作，就派得力人员到皖南去，这次必能帮助红军完成其创造新苏区的任务。可惜皖南工作开展太迟，又因皖南党的领导者犯了机会主义的错误，工作多是有名无实，没有给红军以有力地帮助，以至红军折回苏区，受到损失。只有肃清保守主义，才能在最近的将来，工作会有一个更大范围的开展。

二十五、肃反斗争

阶级敌人，不仅集中军队从外部来进攻苏区；而且派遣反革命派——如AB团、改组派等，秘密到苏区活动，从内部来破坏苏区——这是他们所谓“七分政治”的一种阴谋。

因为鄂豫皖苏区肃反胜利的影响，引起了赣东北党对肃反工作的注意。首先查觉潘务行、何东樵等健康会的组织，追究这一组织的根源，原来就是改组派的组织，所谓健康会，不过是他们一种表面的掩饰而已。由此追根查底的审究下去，发觉吴先民等也在其内。因此，红军中、地方中和闽北的反革命组织，都连带破获出来。这次给了反革命组织以致命的打击。

因为反革命组织的破获，肃清了隐藏在苏区的敌人侦探和奸细，断绝敌人的内应，使敌人进攻更加困难，使苏区和红军得到更大的巩固。同时，打击了许多不正确的倾向，这些倾向，都足以助长反革命的活动。

我对于这次肃反斗争，自然是热心参加的。本来我的痔疮是刻不容缓地要割了。痔疮患了十几年，起初还不怎样难过，现在是愈下去愈厉害，天天流脓流血，好不痛苦！请医生看过，医生说要赶快开刀割治，否则，到后来更不好医的。医生把开刀的手续都准备好了，并送了泻剂给我服。我想在肃反斗争紧张的时候，我个人却睡到医院里去割痔疮，心里怎样会平安下去，乃回复医生暂不割，等有暇时再来，泻剂也退还医院了。我也常到保卫局审问捉来的反动派。在审问中，我感觉到当时的肃反工作，有些地方是错误的，极不满意。

不容讳言的，这些严重错误是明显地表现在：

（一）肃反中心论的错误，就是认为一切工作的毛病，都是反革命的其中捣鬼，肃清了反革命，一切工作自然都会好了；所以肃反是一切工作的中心，我们主要的力量，都要放在肃反工作上。当时党的主要领导同志，就是肃反中心论者，他在保卫局帮助审问案情，差不多待了两个多月，其他工作，无形的放松下去。因为肃反中心论的错误，大家都集中精神，埋头去做肃反工作，而对于最中心的战争任务，反没有怎样注意了。

（二）肃反工作的扩大化，就是认为反革命在苏区已经有了庞大的组织，雄厚的力量，到处都有了反革命派的混入活动，到处疑神疑鬼！这是夸大反革命的力量，过低估计党和苏维埃的政治力量。因为党和苏维埃的领导威信，群众的阶级性及其组织力量，以及反革命派不能和共产党员一样不畏艰苦危险地深入群众工作的关系，在苏区内，反革命派决不能很容易的大规模发展起来，这是极显明的道理。当时肃反工作就忽视了这一点，将肃反工作扩大化，没有指示全党要清楚地分出哪些是政治上或行动上的错误，哪些才真是反革命的阴谋。“你这错误，不是简单的，我要用肃反眼光来观察你。”这是几句普通流行话，表现出肃反工作扩大化的精神来。我们固然要反对缺乏无产阶级的警觉性，使反革命派能藏在苏区活动，同时，也要反对小资产阶级的张皇失措，疑忌过多，这不但不能团结干部，而且会引起“人人自危”的恐慌。

（三）肃反工作的简单化，就是不注意侦察技术，搜集确证，而且只凭口控〔供〕捉人，这往往会乱控〔供〕乱捉，牵连无辜！这次肃反，不能说没有乱捉了人，而且还有错办了人的。放走一个反革命派，固然是革命的损失，错办了一个革命同志，又何尝不是革命的损失！

当时，我说不出这些理由来，只是感觉得不对。党的主要负责同志，个人独裁欲领袖欲太重，不容易接受同志们的意见，尽说肃反要慎重，还说你对肃反不坚决。我与式平同志为吴先民问题，同时也就是为肃反需要慎重，不应刑讯问题说话，就受到党的处分。

我们丝毫不能放松肃反工作，我们要经常提醒党员和群众对肃反工作的注意，不让反革命派来阴谋破坏我们的革命事业。但是，肃反工作，不是一切问题的中心，革命战争才是目前中心的中心，肃反工作只能帮助达到战争胜利的一种重要工作。绝不能使肃反工作扩大化、简单化，错办革命群众和同志。我现在肯定地说，赣东北和闽北的肃反工作，是有错误的，无形中使革命受了不少的损失！应该用布尔塞维克的自我批评，来揭发过去肃反工作的错误，以作今后的教训。一切畏怕自我批评，庞然自大的以为自己什么都是正确的，没有错误，这正是十足的小资产阶级的态度，正足以损害革命的胜利。

二十六、红十军第二次进闽北

一九三二年九月间，党决定红十军第二次进闽北作战。这次进闽北的主要任务，是要从争取战争的胜利中来扩大闽北苏区，特别着重打通闽北与赣东北两个苏区的联系。当时，两个苏区相隔只有三十余里，我们认为只要打得几个胜仗，再努力作〔做〕争取群众的工作，这界于两苏之间的三十余里的地区，是不难很快赤化的。

党决定我随军，负领导军事行动的责任。

我军由横峰渡信河，一晚行军，第二天就到达铅山的杨村，第三天到紫溪。我们在紫溪开会，决定了在闽北的作战计划：第一步，以红十军大部攻赤石街，另派一小部配合闽北独立师同日去攻新村街，这两个市镇占领起来，就可以完成崇安全县苏区，；第二步，红十军与独立师去进攻浦城，一面开展浦城方面的苏区，同时争取一批给养；第三步，红军自浦城开回后，即在铅山方面行动一时期，以完成打通两个苏区的任务。作战计划决定后，即开始动作。

赤石街、新村街两个市镇都同时被我军攻下了，消灭刘和鼎部一团的大部，并缴无线电机一架，这是红十军第一次缴到无线电，我们欢喜的很。驻赤石街的这团，所以会失去无线电，据俘来的无线电队长说，是因这团长平日吃了抬无线电机三十余名伕子的缺额，临时，找不齐那多伕子，延误了时间，以致被红军碰着缴来了。

进攻浦城，途径洋溪尾。我军的前卫刚过了洋溪尾，就遇着有一个白军营长带了一连兵到洋溪尾来收赌捐，两下开火打了几十枪，就将该连大部分消灭了，营长就俘了来。营长是个胖子，面色白皙，一望就知道不是军人出身，而是个有钱的少爷。一问，果然不错，他是一个少爷，家里很有钱，因羡慕挂横皮带的荣耀，用了三千大洋，才买到这个营长来当，他没有打过仗，他听到枪响，就往柴窝里躲，所以被俘。他那种哀求饶死的情形，的确又是可怜，又是可笑。我们答应不为难他，他就跑下地去忙磕了好几个头。这是我们从没有看过的礼节。我们赶快叫他起来，随着红军一路走，他感激不尽。

在洋溪尾败下来的那一连的残兵，不顾命地逃去浦城县，他们刚到城门口，就一边跑，一边喊："土匪（？）来了！土匪（？）来了！赶紧关城门！"城中守兵有一团人，当时莫名其妙，后问清情形，就急忙关城门，堆沙袋，上城守御。

我们原拟袭击浦城，因残兵报信，变成硬攻浦城了。清晨时分，我军攻击了两次，因楼梯太短，未爬上，乃下令停攻，要各部队准备长楼梯，选好自己的爬城点，到傍晚时分一齐爬城。在下午三点钟，我闽北独立师的李金泉团长被敌打死了！一个开花子弹由后脑穿进口里穿出，将他下嘴巴都炸完了。他是弋阳八区人，是一个雇农。他在红军中很勇敢，他生前共缴到敌枪七十余支，他的死是值得我们哀悼的。浦城县长起初倒是很热心，亲自提面铜锣，自东街敲到西街，一边敲，一边喊道："各商店都起来抵御土匪（？），土匪（？）进了城，房屋都要烧光的。"他敲锣喊叫完了，回转衙门，恰好我军一个迫击炮弹，落到衙门里，离他有百多步远，并未开炸，然而却可把这位热心的御匪（？）的县长，登时吓出了一头冷汗！他将舌头一伸，说："呀！幸喜未开花，否则，我还有了人？！"他的热心，顿时冷了下来，他东躲西躲，生怕再有迫击跑弹落到他的头上，他再也不上街喊叫了，他只望天一黑就溜出城去。

天一傍黑，四城的枪都响得激烈了，首先，有一队人爬上城去，接着四处都爬上了队伍，遂占领浦城。除缴到一些枪外，在县衙门又缴到无线电一架。白军的团长与这位热心的县长都逃出城去了。

现在我来讲一讲我们入浦城后的一些情形：

在浦城城内，未逃出去的白军兵士，都脱下军装，化成平民模样，仍在街上行走，我们是无从认出的。我们带了两个红色战士，他们曾经被白军俘去，在浦城白军中当兵六个月，然后又拖枪逃回来。因为对浦城路熟，将他们带在军中，他们跑到街上去，都认识了化装的兵士，要他们带去搜枪，倒搜出了不少的枪支。洋溪尾保卫团团长，也在一栋房子的夹墙里搜出来了。

早就听说浦城县是闽浙边的一个重要的城市，商业很是兴盛，但入城后一查，商业是凋疲不堪。全城虽有百多家较大的商店，都只有门面装摆得好看，真正资本殷实的不上十家。福建军阀苛捐杂税的剥削，与无厌的需索，不但工农群众穷苦异常，就是商家也弄得一天天地衰败下去！各商家都发行百枚的铜板票，花花色色，堆满市面，这确是一种奇异现象。

浦城的豪绅地主，倒是很会享福摆脸！他们住的都是几进的宽敞房屋，卧房里摆列得很漂亮；有的洋化土豪，完全是西式铺摆，这当然是工农血汗的结晶！他们都是大地主，有几百担租和上千担租的。我们在此捉了几十个来筹款，给了他们素未受过的打击。

我在街上看到有个人化装苦力，形迹可疑，叫住他来一问，知道他是一个日本留学生。我与他谈了一些话，就问他对红军有什么意思，他却说："我是不赞成红军的，红军是会烧杀淫抢的。"我听到他说过了，并不发怒，却平心静气地问他："你说红军会放火，这次到浦城，在哪个地方烧了一栋屋，请指出来！""没有烧。"他说。"靠近城门口的几十栋房子，城中白军因怕红军利用房屋接近过来，用布匹蘸洋油从城楼上抛下来烧了，你知道不？""知道的。"他说。"不是红军烧的吧？""不是的。"他说。"你说红军会杀人，现到了浦城，杀了哪一个，请指出！""没有杀。"他说。"你说红军会淫，现到了浦城，奸淫了哪个妇女，请指出！""没有淫。""他说。""你说红军会抢，现到了浦城，到底抢了谁个或谁家的东西，请指出！”“没有抢。”他说。“你这也说没有，那也说没有，那你为什么说，红军烧杀淫抢呢？”我带着比较严厉的神气去诘问他。“我听到人如此说，我是人云亦云而已。”他答说。“不顾事实，乱造谣言来诬蔑红军，那是不合理的。”他只点头称是。后查知他是个有四百担租的地主，呵！怪不得他来反对红军。

浦城工人及贫民自红军入城后，即起来帮助红军。红军向他们宣传，分散土豪的财物给他们，帮助他们组织工会和贫民协会。他们了解红军是为他们谋利益谋解放的，都起来指教红军去捉土豪，去搜取藏匿着的枪，并将他们拣到的枪送给红军。群众对革命要求的迫切，到处都是一样的。

城市女子照一般道理来说，应该比乡村女子进步。但我们苏区乡村的女子，剪了头发，放大了脚，学得许多革命知识，能演说能做事的，是很多的。现在看到浦城女子，贫家人面目黄瘦，愁眉不展，富家人扭扭捏捏，只知打扮得好看，知识低落得很。两下比较起来，觉得他们比苏区的女子落后多了。

还有一些情形，不能多写下去。

我们在浦城住了三天即开回崇安苏区。

时白军七十九师，已全师开来铅山，要来阻止红军的转回赣东北。在铅山的车盘地方，我们与该师作了两天的激战，曾击退它几次，给了它重大的打击。我们因与强大敌人作正面的战争，是无利益的，遂于晚间让出车盘，另由一条路折回赣东北苏区。我们在车盘作战了三天，几千红军痾出来的屎确是不少，我们临走的时候，大家笑着说，就拿着这些屎粪来款待七十九师吧。

因为一天一晚行军的过度疲劳与事先没有渡河的准备，到横峰渡河时，被白军五师截击，损失了一百多支枪，这是红十军第一次受到的损失。

在红十军第二次进闽北的战争中，在军事上是获得了不少的胜利；在政治上发展了崇安浦城的苏区，只是第三步作战计划没有实现，与渡河被敌截击不能不是一个很大的缺陷。

二十七、苏维埃模范省的荣誉

我自一九三〇年当任苏维埃工作，直到一九三四年都未有更换过，足足做了四年之久，自然做了不少的工作。关于赣东北苏区的各种建设，假若还有时间的话，当另写一专篇，此处怎样也不能详述出来，现在只讲下列各件事情。

第一、苏维埃的民主精神。目前苏维埃政权，是工农民主专政，对于压迫剥削阶级，如地主资本家等等，是实行专制，剥夺其政治上的权利和自由；对于工农劳苦群众，则实行最高度的民主。苏维埃的工作人员，都要经过工农群众或代表大会的选举，如被选人发生违背群众利益的错误行动时，群众可以开会直接撤换他，另选他人。各级苏维埃重要的工作方针和计划，都要经过各级代表大会的决议。苏维埃要分期将工作向群众做报告。群众听到工作报告之后，可以提出批评的意见。群众有什么意见和要求，可以随时到苏维埃政府报告，政府必须接受，如性质重大，就要拿到会议上讨论执行。苏维埃政府，是工农群众自己的政府，非常亲近群众，倾听群众的意见，忠实地为群众谋利益。它能不用一点威力和强迫，领导群众向敌人斗争，作各种建设事业。苏维埃政府，可以说是世界上最高的德谟克西[①]的政府，也是最得群众的拥护和爱戴的强有力的政府。

① 德谟克西，英文 democracy 的音译，即民主。

第二、苏维埃的创造精神。我们苏维埃政府，目前是处于敌人四面围攻和封锁之中，自己的根据地，又是落在经济落后的农村。摆在它的面前，是有不少巨大的困难。这种困难，在其他任何政府，都是没有方法解决的，然而不解决这些困难，政府就要立即溃灭。苏维埃政府是工农的政府，他具有新兴阶级极大的创造力量，它能从各种困难中，想出许多有效的新方法来解决困难。如解决被敌人严密封锁的经济问题；解决经过八九年战争的财政问题，还解决其他许多重大问题，都不是照抄前例的，而是用前所未有特创的新方法去解决的，表现出苏维埃惊人的创造力量！

第三、苏维埃的进步精神。苏维埃的工作人员，差不多全部为工人农民，他们在过去，肉体和精神都受着统治阶级的摧残！他们的文化水平和知识程度，都是很低落的。但他们一被群众选入苏维埃来工作，苏维埃加紧地教育他们，他们加紧地学习，进步极快，不要很久的时间，他们就可以处理各种政治和斗争问题，而且处理得很适当的。例如苏维埃的某部长，是工农分子，那部的秘书是一个大学生，秘书起草的文稿，部长常要给他不少地方的修改。他们往往只用少数的经费，作出很多的事业。如赣东北省苏维埃政府的地雷部长，他是个撑船工人，他每月只用大洋三千元，能造出大小地雷一万五千个，顶小的地雷，六斤重一个，顶大的地雷，是一百二十斤重一个，二三十斤和四五十斤重的是中等的地雷。每个地雷，平均计算，只合大洋二角。他能够做出这样的成绩，就是他能够鼓励工人工作的积极性，提高工人的战争热情，故所费小而获效大。现在有不少的官僚政客、知识分子，看不起工农的力量，他们常不屑地说："无知识的东西。"其实工农的进步极快，他们一掌握政权，在共产党的领导教育之下，管理政治，有条有理，比较当今的执政者，贪污腐化，敷衍塞责的，要高明几百倍呢！

第四、苏维埃的刻苦精神。苏维埃目前是处在残酷的国内战争的环境中，一切物质，一切力量，都付与战争，苏维埃的工作人员，为战争的领导者，自应以身作则，节衣缩食，刻苦耐劳，为着战争。赣东北党和苏维埃工作人员，除食米外，每天都只发四分大洋的菜钱，苏区货物，虽都算便宜，但伙食是不算很好的。除伙食钱外，零用费是没有发过的。他们吃着这样的伙食，并无一句怨言，他们知道所做的工作不是为那个人的利益，而是为着阶级的利益，也就是为着他们自身利益，他们知道革命成功后，将与苏联一样，实行社会主义的建设，那时的幸福，就会永无穷尽。他们忍受着目前暂时的艰苦，孜孜孜不倦地为着苏维埃工作。这正是他们深刻的阶级觉悟，与对阶级无限的忠诚的表现。

第五、苏维埃的自我批评的精神。苏维埃为工农政权，它公开承认自己的阶级性，它的政策和工作，都须对工农群众阐明解释，使群众了解并执行。它有时做了策略上的错误，或者它的个别工作人员的错误，它都对群众提出来说明，使群众认识。绝不遮掩自己的错误，更不迟缓错误的改正。他不像地主阶级的政府，利用自己御用的新闻报纸，天天向群众扯谎，不说一句真实话，明明是投降出卖，却要说："长期抵抗"，明明是鸦片官卖，却要说："严厉禁毒！"想以一手遮尽天下眼目。这种欺骗民众的勾当，是苏维埃政府所最坚决反对的，而却是地主资产阶级政府所赖以生存的一种要素。

苏难埃政府亲密地与工农群众联成一片，群众认为苏维埃是自己的。

苏维埃时时刻刻都是想着如何去领导和组织工农群众去参加国内战争，因为这种战争正是阶级解放和民族解放必须进行的战争。这正如《国际歌》上所讲的"这是最后的战争！"这次战争胜利以后，就再不会有战争发生了。

苏维埃政府时时刻刻都在想着如何去改善群众的生活，使群众生活日渐向上，虽然群众在革命后的生活，比较革命前有着显著的进步，但苏维埃仍时刻关心他们的生活，设了许多方法，帮助和指导他们走进更进步的生活。

因为如此，群众对苏维埃的信仰和拥护，日益增高，他们诚心地服从苏维埃的指导，苏维埃决定要做的事，不用一点威力和强迫，他们都乐意地去做。他们宁愿牺牲一切，帮助苏维埃，他们爱护苏维埃，比爱护他们的家庭还更恳切！

因此，在第二次全国苏维埃大会上，毛主席称许赣东北苏维埃的工作说："赣东北省和兴国县的苏维埃工作，都是苏维埃工作的模范，主要的是因为他们能将战争动员与改善群众生活两下密切地联系起来。"（大意如此）毛主席的评语，是正确的。这段评语，更加提醒我们对苏维埃工作主要的注意点，使我们更加兴奋地去加紧工作。

"苏维埃模范省"这是一个难得的荣誉，赣东北的同志们，要努力工作，保持这个可宝贵的荣誉呵！

二十八、五次"围剿"的战争

五次"围剿"，是在帝国主义直接指挥和更大帮助之下举行的。敌人因一、二、三、四次"围剿"的惨败，五次"围剿"是经过较长时期的准备，根据过去失败的经验教训在战略战术上都有新的改进。不采取从前急进深入的战略，而以堡垒主义的战术，逐步向苏区推进，造成封锁线，逐渐缩小苏区，等苏区缩小到很小范围时，即举行总攻，来包围消灭红军。蒋介石在庐山召集军官训练团，训练他的干部，使了解并执行他的新战术。在财政准备上，即向帝国主义借款几万万元，以作五次“围剿”的战费。同时，加紧对苏区经济封锁，使苏区经济困难，无法长久支持下去。

集中最强大的军队进攻中央苏区，对其他苏区也不放松进攻。

我们粉碎敌人五次“围剿”的战略战术，就是集中主力于敌人进攻的主要方向建筑堡垒工事，在自己堡垒工事面前，实行短促的突击，以打破敌人的进攻，保卫基本苏区！同时，广泛地开展游击战争，创造新的苏区。

我们在中央决议之下，开始了粉碎敌人五次“围剿”的战争。

首先，我们在红军和工农群众中，进行广泛深入的战争动员，这种动员，不止进行一次两次，而是不断地进行的。红军和苏区几十万工农群众的战争热情，都提高起来了，造成了浓厚的战争空气。

我们决定在各个险要的隘口上，建筑赤色堡垒。赤色堡垒的建筑，是要顾到敌人的大炮和飞机的轰炸，要建筑的十分坚固。每个堡垒，都要一万余工才能造成。群众是几千几千地动员来造赤色堡垒，抬石头的抬石头，砍树竹的砍树竹，挑土的挑土，在革命竞赛精神之下，他们忙着忙着地去做。他们虽没有学过军事，学过筑城学，但由于他们的战争热情和创造性，他们居然能够造出很坚固难攻的堡垒来。石堡在中心，堡外为有掩体的盖壕，壕外为铁丝网，网外有木城，木城外又是一道盖壕，壕外又是土城，土城外才角槎槎的装上鹿砦。这些近乎现代式的坚垒的筑城，真不能不令我们惊叹着群众力量的伟大！如果不是群众的力量，谁能在很短时间内，建筑起那么多那么坚固的堡垒来呢！

我们在横峰介〔界〕石村，造第一个石碉，尚未造成，白军二十一师就派一团兵来攻，守兵为横峰独立营之第一连。因红军增援队没有迅速的增援，致被攻下，全连牺牲。白军也伤亡几百人。

我们不因这次的失利而灰心于堡垒战，仍继续建筑堡垒，以抵抗敌人。进攻的白军主力为二十一师，进攻的主要方向，为上饶、横峰，红十军因此也就经常在上饶、横峰作战。

红十军为保卫基本苏区，在五次战役中，打了几十次激烈的血战，其中以横峰莲荷之战，上饶坑口之战，和横峰管〔琯〕山之战，打得最为猛勇！莲荷之战是一夜的血战，红十军攻下了敌之一个排堡，夺获了步枪和机关枪。坑口之战，是一夜的猛攻，屡退屡进；管〔琯〕山之战，是一日一夜的激战，双方打得血肉横飞！这三战虽没有将敌人击退，但给了敌人重大的打击和威胁。在这三战中，我军伤亡近八百人，如此，可见红十军的英勇作战不怕牺牲的精神。敌人的伤亡总在千数百人。

红军本长于运动战，很少打过堡垒战的。但从五次战争起，不但我十军能打堡垒战，而且各县独立营、团甚至游击队也都能学会打堡垒战了。赤色堡垒，我们都是派很少数的枪固守的，有的赤堡只有三支枪。主力红军是拿来做突击部队。这些守备队，在为“苏维埃政权流最后一滴血，以血与肉保卫基本苏区”的口号之下，都很坚决顽强地固守自己的阵地，直到阵地不能再固守时，他们往往与自己的阵地同殉。

在此，我要特地提出几个模范的赤堡守备队英勇作战的事迹来，以表示我对他们的纪念和敬意！

莲荷赤堡的守备队，可以说是很坚决的。敌人的碉堡，离开它只有二百米，敌人自第一次进攻这赤堡遭受了严重打击后，不敢再攻，天天只开炮对准赤堡打，每天总要打三四十炮，赤堡被炮弹穿成大洞，外墙工事被打破，守备队毫不动摇，就是有被炮弹炸伤的，也躺着不呻吟一声，为的是怕动摇别个守兵的决心！如此支持一个多月，敌人的飞机，也飞来三次向赤堡抛了几十个炸弹未命中。后因敌人在赤堡的后方建堡，断绝了接济，才用绳退下堡来。

上饶老鸦尖的赤堡，敌人向它放了一千余炮，赤堡的上层，打了一个一丈宽阔的大洞，但守备队仍坚持固守着。有一天，敌人打了二百余炮，一炮穿进赤堡，将堡内的稻草燃烧起来，烧出很大的烟。敌人看到，都拍手大叫：“堡垒打坍了！堡垒打坍了！赶快冲上去！”就有敌人一营向赤堡冲来。我守备队放着他们冲过来，不打枪也不作声，只是将步枪上好子弹瞄准着，将榴弹上好底火，将埋好的地雷的绳子捏住在手里，等到敌人冲到工事边，动手破坏鹿砦时，于是步枪、榴弹、地雷都一齐打起来，打得烟雾弥天！未一刻钟，这一营敌人的大部分都横尸堡前，其余都受伤，未伤的只有几十个人，大家搀扶着退走了。晚间，我守备队出堡，拾到好些枪和子弹。上饶党和苏维埃的工作同志也真是勇敢，当晚就带了一百多群众，每人驼一块五六十斤重的石头，爬上一千五百米高的老鸦尖堡垒上去，将打破了的堡垒又填补起来。第二天敌人又打了二百余炮，我守备队却召集党的会议，检阅昨日的战斗，并互相鼓励要坚持到底！第三天第四天敌人都放了同数的炮，堡垒打破了，晚间又去补上。

第五天，敌人以十生的五野炮一门，七生的五钢炮二门，重迫击二门，连珠地向赤堡打来，打了二百余炮时，赤堡的上层倒坍下来，周围的鹿砦、木城、外墙和壕坑统被炮弹轰平。于是敌人以五营兵力，由四面冲上来，机关枪响得像炒油麻一样，掩护他们冲锋。我守备队既无掩体抵抗，只好躲入赤堡的下层，但下层没有开枪眼，不能还击，只贮了黑硝三百余斤及大小地雷二百余个。等敌人围拢了赤堡，我守备队知无生望，犹不忘杀敌，乃投火硝中，轰然一声，赤堡像天崩地烈一般的开炸了，敌人炸死不少，我二十余名英勇的守备队，也全部炸得无影无踪了！我一想起他们如此壮烈的牺牲，总忍不住要滚出眼泪来！

总计敌人攻我这个赤堡，打了一千余炮。我十五支枪的守备队，竟坚持抵抗了五天，最后以身殉堡，比较日本帝国主义进攻济南城和沈阳城，还没有打几十炮，而十几万大军，即无抵抗地溃窜，我觉得我们是可以无愧的了。

再还要说到横峰青山殿的阵地，我守备队也只有十五支枪。敌人以五营兵来攻，在三天之内，也打了五百余炮，将我阵地上的工事都轰平了。敌人六次冲锋都被我守备队消灭和击退，第七次终被冲上来了，这时我守备队的子弹和手榴弹都打完了。我守备队长被敌炮轰坍石门压死时，左右两手还各捏住一个装好底火的榴弹。

此外，贵溪、怀玉、乐平、德兴各县赤堡的守备队，都作出光荣的战绩，此地不能说述。

同志们！请你们接受我热烈的革命敬礼！我是至死都不忘记你们呵！

为打破敌人五次“围剿”，上万的工农群众，被动员上火线了。他们组织起工农游击队，他们没有快枪，只有以地雷为杀敌的主要武器。在党的领导督促之下，地雷杀敌，发扬了极大的威力，每天要打死打伤敌人两三百，打得敌人只躲在乌龟壳内，不敢出外一步。我想，假使我们与帝国主义开战，我们有了新式的地雷，全国工农群众都发动起来埋地雷杀敌，定可以打得帝国主义的军队无办法。

这里，我要说到我们兵工厂的工友了！他们无产阶级的积极性创造性，真是令人敬佩！在五次战役中，他们加紧地工作，子弹比较从前多造出百分之三百，榴弹多造出百分之五百，迫击炮弹改良了，而且多造出百分之四百。他们用少的可怜的机器（只有一架车床），居然造出了花机关和轻机关枪，更居然造出了好几门小钢炮来。当他们第一次试炮，听到轰然一声，炮弹平射出去，弹落处打进土内三尺多深的时候，他们乐得像发狂一般地吼跳起来！自后，他们的铁锤，打得更着力更响了，火炉镇日夜地红燃着，车床镇日夜地在转动，他们的热诚、努力和创造性，完全表现出革命先锋队的精神和榜样来！如此，我更坚信，中国到了社会主义的建设时，中国的无产阶级必能与苏联的无产阶级媲美。

关于五次战争的经济动员，也得到工农群众热烈地响应！他们的确是实行了“节衣缩食”的口号。他们原就很少的四分大洋一天的伙食费，还要从中节省出半分一分来帮助战费。在推销粉碎敌人五次“围剿”的决战公债时，大部分工人都自愿地拿出三个月的工资来购买公债票；红军战士，纷纷写信回家，要家里粜谷送钱来买公债票。（红军这次买公债票，买了飞机！）苏区的男女老少，都拿出钱买公债票。乐平有一个妇女买了三百元的公债票。发行十万元决战公债票，结果超过预定额四万元。

游击战争，在党的领导之下开展了，特别是皖赣皖南游击战争的胜利，创造了游击区域，现已成为新的苏区。中央的意见，认为在五次战役中，赣东北游击战争，是可作为模范的。

我们——党、团、苏维埃、红军以及全苏区的工农群众，在五次战争中，虽然尽了最大的努力，虽然给了敌人重大的打击，打死打伤敌人在五万人以上，但终没有将敌人打退，敌人步步筑垒前进，终于迫近了我们扎机关的葛源。其原因有下列几点：

一、敌人有飞机大炮的重兵器，而我们没有。敌人能用炮火毁坏我们坚固的堡垒，而我们没有炮火去毁坏他们极简单极薄弱的碉堡，他们欺我们无炮，只造个简单薄弱的碉堡，已中以抵抗我们的进攻；他们造这样的碉堡，费力不大，可以造得快，造得多。

二、我们差不多是等于没有建立谍报工作，不明了敌人行动的计划，眼睁睁地失去了许多胜利的机会。

三、我们过于机械地执行中央革命军事委员会规定的战略，而不知灵活地将主力红军调动打击弱的敌人——如五五、五七、十二、浙江保安师。我们红十军打他们，是可以拿得住得胜的。（这与未建立很确实的谍报工作，有密切关系。）

四、我们在战术上有许多缺点。每次战争，总因战术上的缺点，减少胜利的获得或甚至遭受损失。

我们是没有胜利地完成五次战争的任务。

因为根据地范围的日渐缩小，苏区壮丁的减少，经济和财政的困难，更因中央野战军出动的影响，主力红十军乃决定离开赣东北苏区，开去皖南行动，企图在皖南创造一块新的苏区出来。

二十九、皖南的行动

红十军团开皖南行动的主要任务，是要争取野战的胜利，开展游击战争与群众的斗争，创造皖南新的苏维埃根据地，配合全国红军的战斗，争取全线的反攻形势，以最后的击破敌人的五次“围剿”。中央命令我为红十军团政治委员会的主席，以领导这次行动。我对于这次行动的胜利，是有极坚决的信心的；虽然我的痔疮大发，每天流很多脓血，不但不能走路或骑马，而且不能坐椅子，要坐总是半躺着坐，我还是忍住痔痛出发，我下了决心去完成党所给我的任务。党要我们做什么事，虽死不辞。

红军北上抗日先遣队（原为七军团，后改为十九师）先两星期出发，它经玉山、常山、遂安、淳安、分水，折入皖南的旌德而至太平。它与浙保安师和补充五旅，各接战一次，均获胜，并攻下旌德县城。我们红十军（后改为二十师）由德兴出发，经开化、婺源、休宁而至太平。我们沿途无战，只拆毁敌筑的碉堡百余座。到兰渡地方，截获了敌二十一旅的汽车四架，获枪百余支，迫击炮二门，我们早就用无线电约好，两军在太平县的汤口会合了。会合之后，大家情绪都很高涨。

我们会合后在皖南打的第一仗，就是谭家桥之战。这一仗关系重大，差不多是我们能不能在皖南站脚，完成自己的战斗任务的一个关键！两方的兵力，我方为九个营，敌方为十个营，为俞济时所指挥。经过八小时的激战，结果我们掩护退却。主要原因是战术上的缺点：第一、地形的选择不好，敌人占据马路，是居高临下，我们向敌冲锋，等于仰攻；第二、箝制队与突击队没有适当的配备。我们没有集中主要力量，由右手矮山头打到马路上去。第三、十九师是以有用之兵，而用于无用之地，钻入一个陡峻的山峡里，陷住不能用出来。十九师的指挥员没有十分尊重军团指挥员的意志，凭着自己的意志去作战，形成战斗指挥之未能完全一致。

因此，这仗没有解决战斗任务，虽然只损失二十余支枪，但人员伤亡三百余人，尤其是干部伤亡过多。十九师师长寻淮洲同志，因伤重牺牲了！他是红军中一个很好的指挥员，他指挥七军团，在两年之间，打了许多有名的胜仗，缴获敌枪六千余支，轻重机枪三百余架，并缴到大炮几十门。他还只有二十四岁，很细心学习军事学，曾负伤五次，这次打伤了小肚，又因担架颠簸牺牲了！当然是红军中一个重大的损失！八十七团团长黄英特同志也在阵上牺牲，他是从井冈山斗争下来的同志，曾负伤四次，每次作战都极英勇地站在前线指挥。此外还有好几个负重要工作的同志负伤。这不能不影响红十军团的战斗情绪。

自此战后，就没有与敌人作过激烈的决战，虽经过大小十余战，总是小战获胜，大战掩护退却，一路避战，以至最后被迫离开皖南。

在皖南行动不能完成任务的主要原因：（一）谭家桥之战，因战术上的缺点而失利。（二）自谭家桥战后，采取右倾的避战路线，没有下决心争取战术上的优势，与敌人决战，消灭敌人。因一味避战，使红军不但不能得到必需的休息，而且常常走小路，爬高山，致全军过度地疲劳。（三）帮助红军战斗的游击战争，没有很快地进行。（四）在每天行军中，政治工作与军事训练管理，都没有积极进行，军中存在的“没有时间来进行工作”的观点，没有及时揭破，鼓励全军指挥、政治工作人员忘餐废寝地来进行工作。（五）军纪已随之放松，有不少违反重要军纪者，没有立即予以处分。（六）客观的原因，就是敌人兵力比我们占绝对优势，而皖南党给我们的帮助是太不够了。皖南工作，因保守主义没有很早派得力的同志来建立，后派来的主要负责同志，又犯了右倾错误，损害工作不少！总括地说，皖南行动的主要错误，是政治领导上的右倾，和军事上指挥上的犹豫迟疑！

中央因我军在皖南行动的困难，来电要我们改向浙西南行动，我们就在一九三五年一月十日离开了皖南。

三十、在怀玉山被围

红十军团在皖南行动一个多月，没有得到一天很好的休息，队伍确是疲乏不堪，战斗情绪和战斗力也降落得很。在如此情形之下，打一个地方休息整顿，当然是必需的。但赣东北苏区，自红十军离开后，已被敌人造了纵横的好几条封锁线（这种情形事先未得电报，不知道），已不能再为主力红军休养整顿之所。一来，进苏区通过敌人封锁线很难；二来，进了苏区，在被封锁线圈得很小的地方内，易被敌人包围；三来，再出苏区，又要通过封锁线，更加困难。当时，我却只顾到军队的急须休养，就没有严重注意上列的困难，依着从前斗争的经验，以为到了苏区总有办法可想，故决定进入赣东北暂行休整，不料这种决定，正等于老鼠钻牛角，为这次失败的主因！

我们由开化的杨林，越过好几条高岭，才到了港头村，大家都已经走得精疲力竭，同时又买不到米煮大锅饭吃，各人找到了一点米，就各用磁缸煮饭吃，这样就更造成队伍的涣散，而无法指挥。这时，真是到了弹尽粮绝人疲乏的地步，队伍差不多是完全丧失了战斗力。我军刚达到港头，敌补充五旅已由捷径追击到了港头，两下开火一打，我军被打成两段。前一段约八百余人，由我与乐、刘、粟[①]诸同志带到陈家湾村；后一段约二千余人，则由刘畴西、王如痴同志率领。前段的队伍，当晚就由陇首通过进赣东北苏区了。我因大队伍尚在后面，在责任上我不能先走，故留下与刘、王同志会齐。这时，敌四十九师、二十一旅、浙保安师都赶到了，敌人共有十四团兵力在纵横不过十五里的周围驻守着，我们已处在敌重重包围之中。

我们决定通过金竹坑的封锁线，这是一个生死关头！这次若通过去，队伍可以保存，不致损失；但当时，我们对被敌包围的危险性，估计不足，没有下最大决心，硬冲过去。在金竹坑敌人打枪拦阻之下（敌只一排人），仍旧折回，这就算是决定了我们的死命！

第三天，我们就在八磜、分水关之间被围。开始，我们分兵抵御八磜来堵我之敌及怀玉山来追我之敌，激战五小时，八磜之敌几次冲锋都击退了，怀玉山之敌，没有击退，冲上来了；我军向另一条路退走时，敌四十九师又从三亩、八亩地方拦头打来。这时，指挥员动摇，不沉着指挥应战，队伍也就无秩序地乱跑，躲到树林中去了。敌人从山上缓缓地下来，并没有缴到我们的枪。

晚间，我站在山头大声叫喊，并烧着两堆大火，喊藏躲着的红军

---

① 乐、刘、粟，即乐少华、刘英、粟裕。

出来，被我喊出八十余人，其余，因疲劳过度又饥饿无力，都睡着不起来。

次日，敌四处搜山，所有躲在树林里的战斗员，大部分搜了出来。就在那一天被俘去八百余人，缴去枪四百余支。

以后连续十余天的搜索，几支枪十几支枪几十支枪被搜缴去的近五六百支。八年斗争创造出来的红十军团，除皖南留下一营与已转回赣东北八百人外，差不多是完全损失了！

十军被敌一批一批的缴枪的时候，我躲在树林里，真是心痛如刀割！几次想拿起手枪向自己脑壳上放一枪自杀，但转念：自杀非共产党员应取的行动，这次遭到了失败，就悲观不干了吗？不！还是要干！损失了这部队伍，凭着我们半年一年的努力，仍是很快可以恢复起来的，怕什么！悲观什么！总要紧紧记起这次血的经验教训，努力地干！忘餐废寝地干！不怕不成功的！本来我是可以到白区去暂避一下，但念着已有一部分队伍回赣东北，中央给我们的任务又刻不容缓地要执行，所以决心冒险很快转回赣东北，一方面接受中央的批评和处分，开会总结皖南行动，作出结论，同时，整顿队伍，准备再出。因此，我与刘畴西同志冒雨冒雪，不分昼夜地爬山越岭，要偷过敌人封锁线！虽然七天没有吃饭，饿得两脚走不稳，打破脚；虽然镇天冻得发抖，虽然每晚不得睡眠，人是疲劳到了万分，但我总是咬紧牙关，忍受下去！吃不得苦，革不得命，苦算什么，愈苦愈要干，愈苦我越快乐。想至此，我独自微微地笑了。“反动派呀！反动派！这次，我们若能逃出罗网，我们要与你拼一死命！不打倒你，我们是不会休止呀！”我躲在树林中冻得浑身发抖的时候，总是独自细声地自语！

不幸得很，我们终没有逃出敌人的罗网，而在陇首封锁线上被白军四十三旅俘住了。

十余年积极斗争的人，在可痛的被俘的一天——一九三五年一月二十七日以后，再不能继续斗争了！

三十一、被俘以后

地主们！资本家们！国民党的军阀们！不错，我是你们的敌人，你们一个可怕的敌人！你们出赏洋八万元来捉我，出三万元来捉我们的刘畴西同志，出二万元来捉王如痴同志，现在都被你们捉住了。呵！你们张开满口獠牙的血口哈哈地笑了！你们开庆祝会来庆祝你们的胜利了！你们满心欢喜以为又可安心去吞食工农群众的血肉了。且慢，吃人的东西！莫要欢乐过度！我们虽死，继续我们斗争的，还有千千万万的人呀！你们只能杀死我们几个，决不能消灭中国革命啦！相反的，中国革命工农的铁拳，终有一天会将你们完全打得粉碎！

当我两次冲封锁线没有冲过去的时候，天已大亮，又钻在敌人碉堡监视之中，无法再跑，只得用烂树叶子，铺在地上，睡在柴窝里。心里想着："方志敏呀！你的斗争，就在这次完结了吧！"又转心一想："不要管它吧，如被搜出，只是一死了事；如万一不被搜出，那还可以做几十年工作凑。"想至此，心里倒泰然起来了，白军搜索六点多钟之久，都没有搜到我，后来却被两个白军士兵无意中发现了。我从柴窝里站起来，就被他们拉去白军营部，后押到陇首的团部，才知刘畴西同志已先我被捕了。当我到陇首团部时，团长是一个胖胖的麻子，副团长稍瘦。他们都笑容满脸地迎了出来，表现出他们将得首功的欢悦。他们虚伪地对我说了恭维地话，我也对他们点头笑笑。晚间，他们要求我写点文字，我就写了几百字的略述，略述中着重说明：只有苏维埃才能救中国，我相信革命必能得到最后的胜利，我愿为革命牺牲一切等，以免他们问东问西的讨厌。

次日解玉山，再解上饶，就钉起了脚镣。自生以来，没有带过脚镣，这次突然钉起脚镣，一步也不能行。上饶反动派召集“庆祝生擒方刘大会”，他们背后到台口站着，任众观览。我昂然地站着，睁大眼睛看台下观众。我自问是一个清白的革命家，一世没有做过一点不道德的事（这里是指无产阶级的道德），何所愧而不能见人。观众看到我虎死不倒威的雄样子，倒很惊奇起来。过后他们怎样说我，我不能知道也不必去过问了。到弋阳和南昌，也同样做了这套把戏，我也用同样的态度登台去演这幕戏。

经过我们不客气地说话，军法处算是优待（？）了我们，开三餐饭，开水尽喝（普通囚犯一天只吃两餐饭，喝两次开水），并还送了几十元给我们另用。但我们比普通囚犯，却要带一副十斤重的铁镣，这恐怕是特别优待吧！

我写一个条子给军法处，要求笔墨写我的斗争经过及苏维埃和红军的建设，军法处满口答应，以为我是要写什么有益于他们党国的东西。我在狱中写下这一本略述，当然是出于他们意料之外的。

我与刘畴西、王如痴、曹仰山同志同押在一个囚室内。仰山初进狱时，虽身负三伤，但胃口很好，每餐要吃黄米饭，吃了三天就病了。愈病愈凶，以后病得聋天哑地，对面都认不清人。刘、王两人常下棋，我对棋是个门外汉，看也无心去看，只是看书与写文字。我曾嘱王写一写红军的建设，他认为写出寄不出，没有意义，不肯写，仍旧与刘整日下棋。我因他的话，也停了十几天没有执笔，连前写好了万余字的稿子都撕毁了，后因有法子寄出，才又重新来写。

我们是共产党员，当然都抱着积极奋斗的人生观，绝不是厌世主义者，绝不诅咒人生，憎恶人生，而且愿意得脱牢狱，再为党工作。

但是，我们绝不是偷生怕死的人，我们为革命而生，更愿为革命而死！到现在无法得生，只有一死谢党的时候，我们就都下决心就义。只是很短时间的痛苦，碰的一枪，或啪的一刀，就完了，就什么都不知道了！我们常是这样笑说着。我们心体泰然，毫无所惧，我们是视死如归！

早晨醒了，还睡在被窝里睁开眼睛未起来，这时候，最容易发生回忆。在回忆中最使我感觉痛苦的，就是想到这次红十军团的失利！当时，不懂得错误在哪里，现在想起来，明明白白的，哪些是错了的，哪些是失败的根源，如果不那样做，如果这样做，哪还会失败？自己哪还会做俘虏？正如刘、王下棋，忽然一个叫起来："唉！动错了一着！""蠢子！木头！为何从前都精明，而这次却如此糊涂！"我在自己骂自己。有时，我捏紧拳头用力地向自己身上捶一拳，独自忿忿地说："打死你这个无用的死人！""唉！唉！羞辱呵！被万恶的国民党，缴枪……俘虏……"我的眼睛觉得有点潮热了。

"老方，你在做什么，还不起来！"刘或王在喊我。"大错已成，回想何益，算了罢！"我从被窝里爬起来。

我们在饭后或临睡之前，总会坐在一起谈话，谈话的范围很广，差不多各种问题都谈到。当谈到我们这次惨败的影响时，大家都感到一种异常的沉痛！"我们的中央，一面要责备我们，一面又要可惜我们！"王说。"呵！赣东北的同志们，这次你们都吃了我们失败的大亏！你们又要重过一九二八年的艰苦生活了！"我说。谈至此，大家都静默下来，不是调转话头谈别的，就是各自移动钉着铁镣会叮叮当当响的脚，回到竹床上倒卧下去！

红十军团三十五个干部从杭州解到军法处来了。他们都用绳子绑起手，满身淋着雨，一个兵押着一个，从电灯光下走进来。我清清楚楚地看见他们，呵！可敬可爱的同志，因为我领导的错误，害得你们受牢狱之苦，我真愧对你们了！

军法处以我与刘、王在一处，不便向我劝降，于是将我移到所谓优待室内来住，房屋较好，但很寂寞。自到优待室后，无人谈话，只是一天到晚地写文稿。吃人的国民党，你想我投降，呸！你是什么东西，一伙强盗！一伙卖国贼！一伙屠杀工农的刽子手！我是共产党员，我与你是势不两立，我要消灭你，岂能降你？我既被俘，杀了就是，投降，只证明你们愚笨的幻想而已！

因同狱难友的友谊，传阅报纸，得悉我中央红军在黔北大胜利，消灭了王家烈匪军的全部及薛岳两师，红四方面军在川北，肖、贺红军在湘南同样获得胜利，不禁狂喜！暗中告诉了在狱同志。亲爱的全国红军同志们！我在狱中热诚地庆祝你们的伟大胜利，并望你们在党中央的正确领导之下，坚决战斗，全部消灭白军，创造苏维埃新中国！

无意看到了刘炳龙，他是贵溪人，老十军渡河时，他是一个团政委，他到中央苏区以后，分配地方工作，似乎当过闽赣省委书记；我望见他，点头招呼他，他也向我微微点了点头。后看守兵告诉我，他是拖枪来投降的，初不相信，一查果是真的。呀！你也这样无耻去做叛徒！可杀的叛徒！好吧！你与孔荷宠这个跌落的垃圾，一块去进国民党肮脏的垃圾桶吧！

昨天下午，军法处将李树冰、胡天桃、周群三同志牵出去枪决了！同志们，你们先死几天，我们马上就要跟着来死的，我不必为你们伤心了！

阅报，知江西的反动派，正在筹备一个大规模的剿匪（？）阵亡将士追悼会，我就想到，就在追悼会的那天，他们一定会绑我们出去杀头，去做追悼大会的祭品。在我眼中，立刻现出一副这样的图画：四颗鲜血淋淋的头，摆在他们阵亡将士的祭案上，许多西装或挂皮带的法西斯蒂们，都在张开血口狞笑！这就是我们生命的结幕。我想到这里，并不恐怖；这样的死，也很痛快！“看守同志，替我去买碗面来吃吧！”

这篇略述，从此结束，底下附录我在狱中写出的几封信。

1935 年 3 月

我们临死以前的话[1]

我们因政治领导上的错误，与军事指挥上的迟疑，致红十军团开入狭隘的敌人碉堡区域，在怀玉山地方，受七倍于我的敌人之包围，弹尽粮绝，人马疲劳，遭受极大的损失。我们急于转回赣东北苏区，一方面接受中央的批评和指示，检查皖南的行动，作出正确的结论。另方面整顿队伍，准备再去执行新的任务。故不避危险，不顾雨雪和饥饿（七天没有吃什么东西），不分昼夜，绕过敌人之封锁线，但因叛徒告密，与自己的疏忽，在陇首村封锁线上，被敌白军四十三旅俘住，时在一九三五年一月二十四日上午一时。

我们被俘后，即解南昌，脚铐重镣押于军法处看守所。同被囚押的，有红十军干部周群同志等三十五人（周群、李树彬、张胡天同志后来，近一月即被敌枪毙）。同囚室的则有我与刘畴西、王如痴、曹仰山同志四人。曹仰山被俘时，负伤三处，入狱后，三日即大病，病了一个多月，现在好了一点，骨瘦如柴，远望活像一个骷髅。接着王如痴同志又患肋炎症，热度达摄氏四十度，刘同志也病了，狱中囚人有百分之九十以上是患病的。只有我小病十几天，整天拿着笔写文章，不管病与不病，都要被敌枪毙的。

我们是共产党员，为革命而死，毫无所怨，更无所惧。只有两件

① 这是首批从狱中传出并成功地传送到党组织的文稿之一，1935年12月9日发表于中国共产党在法国巴黎出版的《救国时报》创刊号。

事，使我们不能释怀：作过某些错误，但经党指出，莫不立刻纠正，我们始终是党的正确路线的拥护者和执行者，是马克思列宁主义竭诚的信仰者，我们相信共产国际的伟大和它领导世界革命的正确，我们相信中国布尔什维克党中央的伟大和领导中国革命的正确，我们坚决相信在国际和中央列宁主义领导之下，中国革命和世界革命必能在不远的将来得到全部成功！

苏维埃的制度将代替国民党的制度，而将中国从最后崩溃中挽救出来！

共产主义世界的系统，将代替资本主义世界的系统，而将全世界无产阶级和全人类，从痛苦死亡毁灭中拯救出来。全世界的光明，只有待共产主义的实现！我们临死前，对全党同志诚恳的希望，就是全党同志要一致团结在中央领导之下，发扬布尔什维克最高的积极性、坚决性，创造性，用尽自己的体力和智力，学习列宁同志“一天做十六点钟工作”的榜样，努力为党工作！积极开展城市工人运动（这是我党目前工作最薄弱的一环），不但艰苦地进行国民党军中的士兵运动（白军士兵不满已到极点），广泛开展农民运动，争取千百万被压迫的工农士兵群众到党的旗帜之下来！很快实现党所提出“创造一百万强大的红军”的口号，在中国各地开展游击战争，分散国民党的兵力，使国民党像打火一样，这处打不熄，那处又燃烧起来，不能集中大的兵力，来进攻我主力红军。在各地积极创造新苏区，来拥护和援助主力红军，使能很快击破敌人，造成全国的反攻形势，汇集全中国苏维埃运动的洪流，冲毁法西斯国民党血腥统治，达到独立自由的工农的苏维埃新中国的建立！

在此时，如有哪些同志不执行党的决议和指示，而消极怠工，那简直不是真正的革命同志，而是冒牌党员。这样的人，是忘记了国民党囚牢里有好几万党的同志，正在受刑吃苦，忘记了国民党的刑场上党的同志流下的斑斑血迹，忘记了我们的主力红军正在川黔滇湘艰苦地战斗，更忘记了千千万万的工农劳苦群众正在啼饥号寒无法生存！

亲爱的同志们！我们因错误而失败，而被俘入狱，现在是无可奈何地要被法西斯国民党屠杀了。我们要与你们永别了！

法西斯国民党在用种种威迫利诱的可耻手段，企图劝诱我们投降。投降？你国民党是什么东西！——一伙凶恶的强盗，一伙无耻的卖国汉奸！一伙屠杀工农的刽子手！我们与你们与革命国民党是势不两立的，你法西斯匪徒们只能砍下我们的头颅，决不能丝毫动摇我们的信仰！我们的信仰是铁一般地坚硬的。

我们现在准备着越狱，能成功更好，不能成功则坚决就死！在法西斯匪徒们拿枪向我们头颅胸膛发射，或持刀向我们头上砍下之前，即在我们流血之前，我们将用最大的阶级愤怒，高呼下列口号：

打倒日本帝国主义！
打倒卖国之国民党！
红军最后胜利万岁！
中华苏维埃共和国万岁！
中华民族解放万岁！
中国共产党万岁！
共产国际万岁！
苏联万岁！
全世界无产阶级最伟大的领袖——斯大林同志万岁！
共产主义在全世界胜利万岁！

方志敏

一九三五年三月二十五日写完

六月二十九日密写于南昌军法处囚室

在狱致全体同志书①

赣东北，闽北，皖赣，皖南各负责同志并转全体同志：

亲爱的同志们！关于我们这次失败的原因、经过，以及我们入狱的愧悔交集，在别的文件上已经说明了，不再赘述。现向同志们贡献的有下列意见：

（一）我在狱中细思赣东北苏区的发展与红军的胜利，所以落后于中央苏区和川陕苏区的原因，实不能不归咎于右倾保守主义。在一九三一，一九三二，一九三三，三个整个年中，赣东北苏区的环境是相当地顺利，极有利于大发展。然而这三年中，不但没有发展，且缩小了一部份。红军的胜利，也极不够。其原因，就是党的领导存在着右倾保守主义的错误。对于白区工作，没有予以极大地注意，没有遣派得力干部，没有严厉揭发白区工作的右倾错误与加紧指导和督促。红军则尽在苏区作战，没有大胆到白区去进行极大的战争（红十军第二次进闽北，是冲破保守主义而在白区进行较大战争，就得了很大的胜利），自然损失了不少伟大胜利的机会。而各县独立营和游击队，多是晚出早归，不能在白区进行多时间的游击战。当时苏区周

① 这是首批从狱中传出并成功地送到党组织的文稿之一，1936年1月此文和《我们临死以前的话》等，并同他人撰写的相关纪念文章集结，以《民族英雄方志敏》为书名，由《救国时报》报社油印出版。

围的白区，是异常空虚，群众是异常地要求革命，而我们地目光只看到苏区以内，极端缺乏向外积极发展的精神，较之一九二八——二九年的进取精神，都有逊色。宏义同志到赣东北后，对于右的富农路线、“左”的立三路线以及其他政治上错误的观点，都给了正确地纠正，但对于保守主义不但未有揭发，而且不自觉地多方掩护自己的与党内一般同志的保守主义的观点，使他在党内成为对外发展的阻碍。在一九三一年末，红十军领导者的右倾，已经十分明显，当时省委给其纠正，也极不够。中央几次批评赣东北党右倾错误的指示信，都没有虚心地接受和讨论，这不能不是党的重大损失（宏义同志压制党内自我批评错误，过去是很明显的）。中央一九三三年七月的指示信到后（十一月才接到），党内才开始了反右倾保守主义的斗争。皖赣皖南新苏区的创造与游击战争的开展，明显的是赣东北党执行了中央指示信的结果。一九三四年，正当着敌人五次围剿，苏区周围的封锁线渐次造成，给对外发展不少的困难。回思一九三四年前三年，确实深感着那时错失了许多有利发展的机会。就是这次红十军的失利，固然主要是我们领导上的错误和无能，但是进一步追问，则保守主义且是这次失败的远〔原〕因。因过去对皖南工作的忽视，以致红十军在皖南行动，没有得到当地党的和群众有力地帮助，不能得到一个整天的休息（当然主要没有取得战争的胜利），因而折回苏区，受到失败。故我希望同志们谨记取过去血的经验及教训，时时注意加紧反右倾保守主义的斗争，积极向外发展，积极扩大和加强红军，积极扩大进行游击战争，用尽一切力量创造起新苏区。在中国革命形势更加发展的将来，将成为夺取京、沪、杭中心城市的红军根据地，意义是非常伟大的。

（二）关于红军工作，我觉得过去赣东北的党是注意不够。对于创造铁的红军任务的重要性，还有认识不够的地方。因而党的力量分配，红军方面之比重，是嫌轻了一点，与中央对于红军干部的提选和分配比较起来，可以说我们没有照着中央一样做的。举例来说，红军第五分校，是赣东北创造红军干部唯一的机关，而省委负责同志，简直没有人去担任功课，就是每星期日，也没有人去讲演。这种忽视培养红军干部的错误，也是红军发展落后的一大原因。关于红军政治工作，我们过去做得不够。红七军因过去政治工作也做得不很好，特别是政治工作人员与战斗员有时有隔膜，并且有时态度不亲爱和缺乏耐性，因此，在皖南行动时，我曾向刘英和乐少华同志建议，要严格检察自己政治工作方法优点和缺点，积极发扬其优点，改正其缺点。特别在白区长期作战过程中，战斗员的疲乏与个别的悲观失望是不可免的，必须有刻苦的耐劳的政治工作，以提高其勇气及胜利信心（但须注意对形势严重性的估计不足）。坚决反对没有时间进行工作的观点，要有废餐忘寝的工作精神去做。这次在皖南行动，我们固不能说是不疲劳，然而领导者（是要由我负责）没有及时打击“没有时间进行工作”的观点。我与全军军政人员大家缺乏拼死命的工作精神，去利用行军休息一分一刻钟时间进行政治工作，加紧战斗员的教育和鼓励，甚至有一时期，军中党的工作陷于停顿状态，这是多么严重的一个错误呵！此外赣东北的谍报工作，始终没有很好地建立起来。这对于红军的胜利，可说是极大的损失！同志们！过去我们若能有很好的谍报工作，我红十军要打多少伟大胜利的仗呵！只要想起敌人第九师百余只运械船之未被全截到（那次运械船，若截到则红军发展将有另一种形势）与去年五五，五六，浙保卫师未予以及时打击，至今尚甚痛心。所以我希望同志们：

一，以后要分配最好的力量去作〔做〕红军工作；在国内战争中，党的中心任务是组织锻炼铁的红军，取得战争胜利！

二，对红军干部的培养，党要十分用力！

三，所有党员，特别是领导干部，要加紧学习军事知识，学习战略战术，同时要大胆地到前线领导战争，绝对不能让一个领导者成为一个军事的门外汉。

四，各地党部（只要领导红军的）都要设法购置或收缴无线电机，用极大力量打入敌人的机关中侦察消息，建立健全的谍报工作。

（三）赣东北群众工作，我认为在全国苏区中不是落后的，而且有许多地方可为模范，可为其他苏区取效的。即此次主力红军西征，江西福建苏区的群众，就不及赣东北群众斗争的坚持；赣东北群众革命的忠诚，对革命领导同志的爱护与在斗争中的刻苦和顽强，都是值得赞美的。这次敌人对我谈话，认为赣东北群众“匪化”(？)太深与受共党的麻醉太大，无法收拾。这并不是赣东北群众有什么特殊性，主要的是由于党的群众工作之深入和刻苦。这种群众工作作风，应予以不断地发扬和发展。我希望同志们更加深入群众，与群众打成一片，十分艰苦耐劳地教育群众，坚决地站在群众前面，领导群众斗争！

（四）赣东北肃反工作，固然获得了胜利，但其中严重的错误，却也不少。在一九三二年的肃反斗争中，很明显的我们是犯了“肃反中心论，肃反扩大论的简单化”的错误。同时，是当时我们未免过分赞扬自己的成绩，不愿意也不敢去检查一下自己的错误，一直到去年，在赣东北党的文件上，还没有明白承认过去肃反中的错误。当时若有附带的责备到一些，我坚决地向同志们说，在这几年的肃反运动中，特别在一九三二年，我们确实是错处分了一部分人，错捉了一部分人。赣东北有没有隐藏反革命分子呢？无疑义是有的，但没有那么多。有没有反革命的组织呢？无疑义地是有的，但没有那么庞大。这是因为党和苏维埃的政治力量和威信与工农群众的觉悟和组织，都要寒反革命派之胆，而阻止和阻碍其发展（如弋阳反革命之组织只发展了三人），没有党、团或苏维埃中下级干部，会轻易加入反革命组织的。因为我们保卫局工作之不十分健全，真的反革命派，确有些漏网（如闽北）；同时，有一部分革命同志，确有过无辜受祸的。我屡次向同志们说，过去肃反工作有错误，致有同志疑我对肃反不坚决或缺乏阶级警觉性。实际上，我痛恨反革命派极为深刻。同时，我时常和我共同工作的同志们注意肃反，就在今天，我们不能丝毫放松肃反工作，而且要依着形势的发展而更加紧肃反工作，对反革命是要采取最严厉最断然的手段的；我们反对的，只是过分夸大反革命的力量，蔑视党和苏维埃政治力量和威信，对同志之不信任和多怀疑，易下判断以及不去努力收集确证；这些都是要不得的。肃反的错误，会造成群众间的恐慌与干部的消极和不安。同时也在不自觉中损失了工作干部，我想我们在这方面无形损失，也是不小的。错放一个反革命分子与错处分一个革命同志，其损害党和革命利益是同样的。

（五）赣东北白军士兵运动的成绩是极端不够的。红军胜利不够，固然影响到兵运成绩，但主要的，还是过低估计了白军士兵革命的积极性，与过分估计白军组织中的白色恐怖，结果只能在外面宣传，而很少派得力同志到内部活动。实际上，以我这次的经验来说，白军士兵生活之痛苦，是已到极点。因“刮”民党的财政破产，对士兵的薪饷一再扣减。例如军法处看守所的卫兵，是江西保安队第二团之一连士兵，每天要站八小时的岗，一个月连伙食房子只得两元大洋，每站一小时的岗，只得两个半铜元，南昌生活程度如是之高，这一月两元，到底拿来买鞋还是买香烟？！所以士兵都心怀不满，口出怨言，开小差的，差不多天天都有。在前线作战的军队生活更苦，尤其是在作战外，还要修路造碉堡，这里面只要有人打进去稍作活动，就可以激成兵变和起义。可惜我们竟无人打入，坐令士兵们的不满，只能向着开小差的一条路上走。再则白军士兵亦极易接近。如我虽是一个重囚，找他们谈话时，他们都很和蔼可亲地来和我谈，自生活问题谈到革命问题。他们之中很多被红军俘虏过，到过苏区，都众口同辞地说，苏区好，红军好，很容易结成朋友。我向同志们建议：

一，要训练一批得力同志到白军内当兵，从内部进行活动最为有力。到白军去当兵的同志，一定要经过充分地训练。

二，组织白军驻地能接近白军的群众，使其进行兵运。例如筑有碉堡的地方，只要有可靠群众，其守兵是不难运动的。只有运动守兵使其哗变，才能粉碎敌人碉堡政策，以恢复苏区。

三，对于白军俘虏以后，还要十分优待，加紧教育他们，并与他们发生一种友谊的或带封建性组织的关系，使他们出来不致忘掉苏区。这次我们更感觉到优待俘虏工作之极端重要性。

四，掩枪来归者须给钱，并加以训练，除留用外，须派出来进行兵运，此项工作做得好，兵运极易收效。总之，要严格与不做兵运工作或以兵运工作做不出什么成绩的观点作斗争。同时，对于俘虏兵大胆留用，不要怕惧，只要政治工作做得好与待遇适当，俘虏兵决不致有损害于红军。要打破过去对俘虏兵机会主义过低的估计与畏怕心！

（六）怕做城市工作与城市工作之无成绩，恐怕是赣东北党最显著的弱点了。有些同志对于城市的白色恐怖过分估计，好像敌人是千耳千眼，不但不能活动，且不可一日居住，这完全是错误的。只要这个同志有相当城市生活的经验，找到适当的职业以为掩护，有相当够用的经费，加上同志的刻苦工作和注意秘密工作的技术，城市工作的成绩是可预期获得的。无论工人运动，农民运动，士兵运动，学生运动都可以做出成绩来。现在到处人心惶惶，除一部分特别反动的地主资本家和法西斯匪徒外，谁会留恋于万恶的“刮”民党统治，谁不心怀愤恨和激怒，不过因无人领导，表面上是归于沉寂而已。我希望同志们火速训练一批城市工作人员出来。选择一部分斗争较久、有工作能力的干部，给予充分训练，派去城市工作，并经常予以指导和检查，必能获效。严格与忽视城市工作的倾向作斗争！

（七）训练干部的工作，是更加重要。过去赣东北所办的党校，成绩较小。主要原因，我认为由于理论与实际之不相联系的教授方法，有很多缺点；而校中负责人，又多是兼职，不能专心于校中的教育工作。教员钟点到了上课，下课就走了。对于校内的思想斗争，理论和实际工作的讨论，少有得力同志去参加指导。我提议：

一，在目前环境之下，想安稳办党校是不可能，只能开少数人短期训练班或各种会议进行教育工作。将目前发生各种实际问题拿来与党的理论、党的决议联系起来说明和解释，这样来提高同志的能力。

二，多注意日常实际问题的解决方法，应多解释和指导，以增长他们工作能力及斗争经验。

三，更加广泛深入地开展党内思想斗争和政治教育，积极提高党内同志政治理论的水平线。

四，诚恳地盼望同志十分努力训练出一千个新的工农干部，以填补我们这次失利的损失。

（八）在敌人造碉堡推进苏区环境之下，又加我们这次失利的环境影响，斗争条件将更加艰苦，不亚于一九二八——二九年时候。但我坚决相信，久经战斗的你们，以及在你们领导之下的各地同志，定能胜任这艰苦战斗任务的，并能在百折不挠的战斗中，终于要战胜敌人的！我希望同志们在这革命大转变的关键，大家都要咬紧牙关，不怕困难，不怕危险，不怕劳苦，发扬布尔塞维克最高的积极性、顽强性、坚持性，务要完全消灭敌人，为被日寇和法西斯“刮”民党屠杀的同志们复仇，为争得全中国人民的民族解放和社会解放而奋斗。

同志们！亲爱的同志们！我是不能再与你们共同奋斗了，我是如何地惭愧着和难过呵！我上面所说的意见，都是我最近感触到，当然里面免不了有错误。说错了请你们批评，说对了的，请你们执行。我们虽囚狱中，但我们的脑中，仍是不断地思念着同志们的奋斗精神，总祈祷着你们的胜利和成功！我直到现在，革命热诚仍和从前一样。我正在进行越狱的活动。我想，我若能越狱出来，我将用我最高的努力去创造新苏区和新红军，以恢复这次损失！同志们！越狱恐难可能（主要的是无外援），那时只有慷慨地就死了！我不能完成的工作责任，只有加重到同志们的肩头上了！同志们！十分亲爱的同志们！永别了！请你们努力吧！我这次最感痛苦的，就是失却了为党努力的机会。你们要认识：你们能够为党工作，为党斗争，那是十分宝贵的。我与刘、王、曹[①]同志等都是敌人刀口下的人了，是再也想不到为党拼命工作的机会了。这是无可奈何的！我能丢弃一切，惟革命事业，却耿耿在怀，不能丢却！同志们：十分亲爱的同志们！请你们经常记起你们多年在一起奋斗的战友们之惨死，提起奋勇的精神，将死敌的日本帝国主义赶快赶走吧，将万恶的国民党统治赶快推翻吧！谨向你们及你们领导下的红军和工农群众致热烈的革命敬礼！！

是你们诚挚的朋友

于一九三五年四月二十〔日〕写成

六月十九日密写

---

① 刘、王、曹即刘畴西、王如痴、曹仰山。

可爱的中国

这是一间囚室。

这间囚室，四壁都用白纸裱糊过，虽过时已久，裱纸变了黯黄色，有几处漏雨的地方，并起了大块的黑色斑点；但有日光照射进来，或是强光的电灯亮了，这室内仍显得洁白耀目。对天空开了两道玻璃窗，光线空气都不算坏。对准窗子，在室中靠石壁放着一张黑漆色长方书桌，桌上摆了几本厚书和墨盒茶盅。桌边放着一把锯短了脚的矮竹椅；接着竹椅背后，就是一张铁床；床上铺着灰色军毯，一床粗布棉被，折叠了三层，整齐地摆在床的里沿。在这室的里面一角，有一只未漆的未盖的白木箱摆着，木箱里另有一只马桶躲藏在里面，日夜张开着口，承受这室内囚人每日排泄下来的秽物。在白木箱前面的靠壁处，放着一只蓝磁的痰盂，它像与马桶比赛似的，也是日夜张开着口，承受室内囚人吐出来的痰涕与丢下去的橘皮蔗渣和纸屑。骤然跑进这间房来，若不是看到那只刺目的很不雅观的白方木箱，以及坐在桌边那个钉着铁镣一望而知为囚人的祥松[①]，或者你会认为这不是一间囚室，而是一间书室了。

的确，就是关在这室内的祥松，也认为比他十年前在省城读书时所住的学舍的房间要好一些。

---

① 祥松即方志敏。

这是看守所优待号的一间房。这看守所分为两部，一部是优待号，一部是普通号。优待号是优待那些在政治上有地位或是有资产的人们。他们因各种原因，犯了各种的罪，也要受到法律上的处罚；而他们平日过的生活以及他们的身体，都是不能耐住那普通号一样的待遇；把他们也关到普通号里去，不要一天两天，说不定都要生病或生病而死，那是万要不得之事。故特辟优待号让他们住着，无非是期望着他们趁早悔改的意思。所以与其说优待号是监狱，或者不如说是休养所较为恰切些，不过是不能自由出入罢了。比较那潮湿污秽的普通号来，那是大大的不同。在普通号吃苦生病的囚人，突然看到优待号的清洁宽敞，心里总不免要发生一个是天堂，一个是天〔地〕狱之感。

因为祥松是一个重要的政治犯，官厅为着要迅速改变他原来的主义信仰，才将他从普通号搬到优待号来。

祥松前在普通号，有三个同伴同住，谈谈讲讲，也颇觉容易过日。现在是孤零一人，镇日坐在这囚室内，未免深感寂寞了。他不会抽烟，也不会喝酒，想借烟来散闷，酒来解愁，也是做不到的。而能使他忘怀一切的，只是读书。他从同号的难友处借了不少的书来，他原是爱读书的人，一有足够的书给他读读看看，就是他脚上钉着的十斤重的铁镣也不觉得它怎样沉重压脚了。尤其在现在，书好像是医生手里止痛的吗啡针，他一看起书来，看到津津有味处，把他精神上的愁闷与肉体上的苦痛，都麻痹地忘却了。

到底他的脑力有限，接连看了几个钟头的书，头就会一阵一阵地胀痛起来，他将一双肘节放在桌上，用两掌抱住胀痛的头，还是照原看下去，一面咬紧牙关自语："尽你痛！痛！再痛！脑溢血，晕死去罢！"直到脑痛十分厉害，不能再耐的时候，他才丢下书本，在桌边站立起来。或是向铁床上一倒，四肢摊开伸直，闭上眼睛养养神；或是在室内从里面走到外面，又从外面走到里面的踱着步；再或者站在窗口望着窗外那么一小块沉闷的雨天出神；也顺利望望围墙外那株一半枯枝，一半绿叶的柳树。他一看到那一簇浓绿的柳叶，他就猜想出遍大地的树木，大概都在和暖的春风吹嘘中，长出艳绿的嫩叶来了——他从这里似乎得到一点儿春意。

他每天都是这般不变样地生活着。

今天在换班的看守兵推开门来望望他——换班交代最重要的一个囚人——的时候，却看到祥松没有看书，也没有踱步，他坐在桌边，用左手撑住头，右手执着笔在纸上边写边想。祥松今天似乎有点什么感触，要把它写出来。他在写些什么呢？啊！他在写着一封给朋友们的信。

亲爱的朋友们：

我终于被俘入狱了。

关于我被俘入狱的情形，你们在报纸上可以看到，知道大概，我不必说了。我在被俘以后，经过绳子的绑缚，经过钉上粗重的脚镣，经过无数次的拍照，经过装甲车的押解，经过几次群众会上活的示众，以至关入笼子里，这些都像放电影一般，一幕一幕地过去！我不愿再去回忆那些过去的事情，回忆，只能增加我不堪的羞愧和苦恼！我也不愿将我在狱中的生活告诉你们。朋友，无论谁入了狱，都得感到愁苦和屈辱，我当然更甚，所以不能告诉你们一点什么好的新闻。我今天想告诉你们的却是另外一个比较紧要的问题，即是关于爱护中国，拯救中国的问题，你们或者高兴听一听我讲这个问题罢。

我自入狱后，有许多人来看我：他们为什么来看我，大概是怀着到动物园里去看一只新奇的动物一样的好奇心罢？他们背后怎样评论我，我不能知道，而且也不必一定要知道。就他们当面对我讲的话，他们都承认我是一个革命者；不过他们认为我只顾到工农阶级的利益，忽视了民族的利益，好像我并不是热心爱中国爱民族的人。朋友，这是真实的话吗？工农阶级的利益，会是与民族的利益冲突吗？不，绝不是的，真正为工农阶级谋解放的人，才正是为民族谋解放的人，说我不爱中国不爱民族，那简直是对我一个天大的冤枉了。

我很小的时候，在乡村私塾中读书，无知无识，不知道什么是帝国主义，也不知道帝国主义如何侵略中国，自然，不知道爱国为何事。以后进了高等小学读书，知识渐开，渐渐懂得爱护中国的道理。一九一八年爱国运动波及到我们高小时，我们学生也开起大会来了。

在会场中，我们几百个小学生，都怀着一肚子的愤恨，一方面痛恨日本帝国主义无餍的侵略，另一方面更痛恨曹、章等卖国贼的狗肺狼心！就是那些年青的教师们（年老的教师们，对于爱国运动，表示不甚关心的样子），也和学生一样，十分激愤。宣布开会之后，一个青年教师跑上讲堂，将日本帝国主义提出的灭亡中国的二十一条，一条一条地边念边讲。他的声音由低而高，渐渐地吼叫起来，脸色涨红，渐而发青，颈子胀大得像要爆炸的样子，满头的汗珠子，满嘴唇的白沫，拳头在讲桌上捶得碰碰响。听讲的我们，在这位教师如此激昂慷慨的鼓动之下，哪一个不是鼓起嘴巴，睁大着眼睛——每对透亮的小眼睛，都是红红的像要冒出火来；有几个学生竟流泪哭起来了。朋友，确实的，在这个时候，如果真有一个日本强盗或是曹、章等卖国贼的那一个站在我们的面前，哪怕不会被我们一下打成肉饼！会中，通过抵制日货，先要将各人身边的日货销毁去，再进行检查商店的日货，并出发对民众讲演，唤起他们来爱国。会散之后，各寝室内扯抽屉声，开箱笼声，响得很热闹，大家都在急忙忙地清查日货呢。

“这是日货，打了去！”一个玻璃瓶的日本牙粉扔出来了，扔在阶石上，立即打碎了，淡红色的牙粉，飞洒满地。

“这也是日货，踩了去！”一只日货的洋磁脸盆，被一个学生倒仆在地上，猛地几脚踩凹下去，磁片一片片地剥落下来，一脚踢出，磁盆就像含冤无诉地滚到墙角里去了。

“你们大家看看，这床席子大概不是日本货吧？”一个学生双手捧着一床东洋席子，表现很不能舍去的样子。

大家走上去一看，看见席头上印了“日本制造”四个字，立刻同声叫起来：

“你的眼睛瞎了，不认得字？你舍不得这床席子，想做亡国奴！？”不由分说，大家伸出手来一撕，那床东洋席，就被撕成碎条了。

我本是一个苦学生，从乡间跑到城市里来读书，所带的铺盖用品都是土里土气的，好不容易弄到几个钱，买了日本牙刷，金刚石牙粉，东洋脸盆，并也有一床东洋席子。我明知销毁这些东西，以后就难得钱再买，但我为爱国心所激动，也就毫无顾惜地销毁了。我并向同学们宣言，以后生病，就是会病死了，也决不买日本的仁丹和清快丸。

从此以后，在我幼稚的脑筋中，作〔做〕了不少的可笑的幻梦：我想在高小毕业后，即去投考陆军学校，以后一级一级地升上去，带几千兵或几万兵，打到日本去，踏平三岛！我又想，在高小毕业后，就去从事实业，苦做苦积，哪怕不会积到几百万几千万的家私，一齐拿出来，练海陆军，去打东洋。读西洋史，一心想做拿破仑；读中国史，一心又想做岳武穆。这些混杂不清的思想，现在讲出来，是会惹人笑痛肚皮！但在当时我却认为这些思想是了不起的真理，愈想愈觉得津津有味，有时竟想到几夜失眠。

一个青年学生的爱国，真有如一个青年姑娘初恋时那样的真纯入迷。

朋友，你们知道吗？我在高小毕业后，既未去投考陆军学校，也未从事什么实业，我却到N城[①]来读书了。N城到底是省城，比县城大不相同。在N城，我看到了许多洋人，遇到了许多难堪的事情，我讲一两件给你们听，可以吗？

只要你到街上去走一转，你就可以碰着几个洋人。当然我们并不是排外主义者，洋人之中，有不少有学问有道德的人，他们同情于中国民族的解放运动，反对帝国主义对中国的压迫和侵略，他们是我们的朋友。只是那些到中国来赚钱，来享福，来散播精神的鸦片——传教的洋人，却是有十分的可恶的。他们自认为文明人，认我们为野蛮人，他们是优种，我们却是劣种；他们昂头阔步，带着一种藐视中国人、不屑与中国人为伍的神气，总引起我心里的愤愤不平。我常想："中国人真是一个劣等民族吗？真该受他们的藐视吗？我不服的，决不服的。"

有一天，我在街上低头走着，忽听得"站开！站开！"的喝道声。我抬头一望，就看到四个绿衣邮差，提着四个长方扁灯笼，灯笼上写着"邮政管理局长"几个红扁字，四人成双行走，向前喝道；接着是四个徒手的绿衣邮差；接着是一顶绿衣大轿，

① N城，指南昌。

四个绿衣轿夫抬着；轿的两旁，各有两个绿衣邮差扶住轿杠护着走；轿后又是四个绿衣邮差跟着。我再低头向轿内一望，轿内危坐着一个碧眼黄发高鼻子的洋人，口里衔着一支大雪茄，脸上露出十足的傲慢自得的表情。“啊！好威风呀！”我不禁脱口说出这一句。邮政并不是什么深奥巧妙的事情，难道一定要洋人才办得好吗？中国的邮政，为什么要给外人管理去呢？

随后，我到K埠[①]读书，情形更不同了。在K埠有了所谓租界上，我们简直不能乱动一下，否则就要遭打或捉。在中国的地方，建起外人的租界，服从外人的统治，这种现象不会有点使我难受吗？

有时，我站在江边望望，就看见很多外国兵舰和轮船在长江内行驶和停泊，中国的内河，也容许外国兵舰和轮船自由行驶吗？中国有兵舰和轮船在外国内河行驶吗？如果没有的话，外国人不是明明白白欺负中国吗？中国人难道就能够低下头来活受他们的欺负不成？

就在我们读书的教会学校里，他们口口声声传那“平等博爱”的基督教；同是教员，又同是基督信徒，照理总应该平等待遇；但西人教员，都是二三百元一月的薪水，中国教员只有几十元一月的薪水；教国文的更可怜，简直不如去讨饭，他们只有二十余元一月的薪水。朋友，基督国里，就是如此平等法吗？难道西人就真是上帝宠爱的骄子，中国人就真是上帝抛弃的下流的瘪三？！

朋友，想想看，只要你不是一个断了气的死人，或是一个甘心亡国的懦夫，天天碰着这些恼人的问题，谁能按下你不挺身而起，为积弱的中国奋斗呢？何况我正是一个血性自负的青年！

---

① K埠，指九江。

朋友，我因无钱读书，就漂流到吸尽中国血液的唧筒——上海来了。最使我难堪的，是我在上海游法国公园的那一次。我去上海原是梦想着找个半工半读的事情做做，哪知上海是人浮于事，找事难于登天，跑了几处，都毫无头绪，正在纳闷着，有几个穷朋友，邀我去游法国公园散散闷。一走到公园门口就看到一块刺目的牌子，牌子上写着“华人与狗不准进园”几个字。这几个字射入我的眼中时，全身突然一阵烧热，脸上都烧红了。这是我感觉着从来没有受过的耻辱！在中国的上海地方让他们造公园来，反而禁止华人入园，反而将华人与狗并列。这样无理地侮辱华人，岂是所谓“文明国”的人们所应该做出来的吗？华人在这世界上还有立足的余地吗？还能生存下去吗？我想至此也无心游园了，拔起脚就转回自己的寓所了。

朋友，我后来听说因为许多爱国文学家著文的攻击，那块侮辱华人的牌子已经取去了。真的取去了没有？还没有取去？朋友，我们要知道，无论这块牌子取去或没有取去，那些以主子自居的混蛋的洋人，以畜生看待华人的观念，是至今没有改变的。

朋友，在上海最好是埋头躲在鸽子笼里不出去，倒还可以静一静心！如果你喜欢向外跑，喜欢在“国中之国”的租界上去转转，那你不仅可以遇着“华人与狗”一类的难堪的事情，你到处可以看到高傲的洋大人的手杖，在黄包车夫和苦力的身上飞舞；到处可以看到饮得烂醉的水兵，沿街寻人殴打；到处可以看到巡捕手上的哭丧棒，不时在那些不幸的人们身上乱揍；假若你再走到所谓“西牢”旁边听一听，你定可以听到从里面传出来的包探捕头拳打脚踢毒刑毕用之下的同胞们一声声呼痛的哀音，这是他们利用治外法权来惩治反抗他们的志士！半殖民地民众悲惨的命运呵！中国民族悲惨的命运呵！

朋友，我在上海混不出什么名堂，仍转回K省[①]来了。

我搭上一只J国[②]轮船。在上船之前，送行的朋友告诉我在J国轮船，确要小心谨慎，否则船上人不讲理的。我将他们的忠告，谨记在心。我在狭小拥挤、汗臭屁臭、蒸热闷人的统舱里，买了一个铺位。朋友，你们是知道的，那时，我已患着很厉害的肺病，这统舱里的空气，是极不适宜于我的；但是，一个贫苦学生，能够买起一张统舱票，能够在统舱里占上一个铺位，已经就算是很幸事了。我躺在铺位上，头在发昏晕！等查票人过去了，正要昏迷迷地睡去，忽听到从货舱里发出可怕的打人声及喊救声。我立起身来问茶房什么事，茶房说，不要去理它，还不是打那些不买票的穷蛋。我不听茶房的话，拖着鞋向那货舱走去，想一看究竟。我走到货舱门口，就看见有三个衣服褴褛的人，在那堆叠着的白粮包上蹲伏着。一个是兵士，二十多岁，身体健壮，穿着一件旧军服。一个像工人模样，四十余岁，很瘦，似有暗病。另一个是个二十余岁的妇人，面色粗黑，头上扎一块青布包头，似是从乡下逃荒出来的样子。三人都用手抱住头，生怕头挨到鞭子，好像手上挨几下并不要紧的样子。三人的身体，都在战栗着。他们都在极力将身体紧缩着，好像想缩小成一小团子或一小点子，那鞭子就打不着哪一处了。三人挤在一个舱角里，看他们的眼睛，偷偷地东张西张的神气，似乎他们在希望着就在屁股底下能够找出一个洞来，以便躲进去避一避这无情的鞭打，如果真有一个洞，就是洞内满是屎尿，我想他们也是会钻进去的。在他们对面，站着七个人，靠后一点，站着一个较矮的穿西装的

① K省，指江西。

② J国，指日本。

人，身本肥胖的很，肚皮膨大，满脸油光，鼻孔下蓄了一小绺短须。两手叉在裤袋里，脸上浮露一种毒恶的微笑，一望就知道他是这场鞭打的指挥者。其余六个人，都是水手茶房的模样，手里拿着藤条或竹片，听取指挥者的话，在鞭打那三个未买票偷乘船的人们。

“还要打！谁叫你不买票！”那肥人说。

他话尚未说断，那六个人手里的藤条和竹片，就一齐打下。“还要打！”肥人又说。藤条竹片又是一齐打下。每次打下去，接着藤条竹片的着肉声，就是一阵“痛哟！”令人酸鼻的哀叫！这种哀叫，并不能感动那肥人和几个打手的慈心，他们反而哈哈的笑起来了。

“叫得好听，有趣，多打几下！”那肥人在笑后命令地说。

那藤条和竹片，就不分下数地打下，“痛哟！痛哟！饶命呵！”的哀叫声，就更加尖锐刺耳了！

“停住！去拿绳子来！”那肥人说。

那几个打手，好像耍熟了把戏的猴子一样，只听到这句话，就晓得要做什么。马上就有一个跑去拿了一捆中粗绳子来。

“将他绑起来，抛到江里去喂鱼！”肥人指着那个兵士说。

那些打手一齐上前，七手八脚地将那兵士从糖包上拖下来，按倒在舱面上，绑手的绑手，绑脚的绑脚，一刻儿就把那兵士绑起来了。绳子很长，除缚结外，还各有一长段拖着。

那兵士似乎入于昏迷状态了。

那工人和那妇人还是用双手抱住头，蹲在糖包上发抖战，那妇人的嘴唇都吓得变成紫黑色了。

船上的乘客，来看发生什么事体的，渐来渐多，货舱门口都站满了，大家脸上似乎都有一点不平服的表情。

那兵士渐渐地清醒过来，用不大的声音抗议似地说：

“我只是无钱买船票，我没有死罪！”

拍的一声，兵士的面上挨了一巨掌！这是打手中一个很高大的人打的。他吼道：“你还讲什么？像你这样的狗东西，别说死一个，死十个百个又算什么！”

于是他们将他搬到舱沿边，先将他手上和脚上两条拖着的绳子，缚在船沿的铁栏干〔杆〕上，然后将他抬过栏干〔杆〕向江内吊下去。人并没有浸入水内，离水面还有一尺多高，只是仰吊在那里。被轮船激起的江水溅沫，急雨般打到他面上来。

那兵士手脚被吊得彻心彻骨的痛，大声哀叫。

那几个魔鬼似的人们，听到了哀叫，只是“好玩！好玩！”地叫着跳着作乐。

约莫吊了五六分钟，才把他拉上船来，向舱板上一摔，解开绳子，同时你一句我一句地说着：“味道尝够了吗？”“坐白船没有那么便宜的！”“下次你还买不买票？”“下次你还要不要来尝这辣味儿？”“你想错了，不买票来偷搭外国船！”那兵士直硬硬地躺在那里，闭上眼睛，一句话也不答，只是左右手交换地去摸抚那被绳子嵌成一条深槽的伤痕，两只脚也在那吊伤处交互揩擦。

“把他也绑起来吊一下！”肥人又指着那工人说。

那工人赶〔禁〕从糖包上爬下来，跪在舱板上，哀恳地说：“求求你们不要绑我，不要吊我，我自己爬到江里去投水好了。像我这样连一张船票都买不起的苦命，还要它做什么！”他说完就望〔往〕船沿爬去。

“不行不行，照样地吊！”肥人说。

那些打手，立即将那工人拖住，照样把他绑起，照样将绳子缚在铁栏干〔杆〕上，照样把他抬过铁栏干〔杆〕吊下去，照样地被吊在那里受着江水激沫的溅洒，照样他在难忍地痛苦下哀叫，也是吊了五六分钟，又照样把他吊上来，摔在舱板上替他解缚。但那工人并不去摸抚他手上和脚上的伤痕，只是眼泪如泉涌地流出来，尽在抽噎地哭，那半老人看来是很伤心的了！

“那妇人怎样要她一下呢？”打手中一个矮瘦的流氓样子的人向肥人问。

“……”肥人微笑着不作声。

“不吊她，摸一摸她底下的毛，也是有趣的呀！”

肥人点一点头。

那人就赶上前去，扯那妇人的裤腰。那妇人双脚打文字式地绞起，一双手用力遮住那小肚子下的地方，脸上红得发青了，用尖声喊叫：“嬲不得呀！嬲不得呀！”

那人用死力将手伸进她的腿胯里，摸了几摸，然后把手拿出来，笑着说：“没有毛的，光板子！光板子！”

“哈，哈，哈哈……”大家哄然大笑起来了。

“打！”我气愤不过，喊了一声。

“谁喊打？”肥人圆睁着那凶眼望着我们威吓地喝。

“打！”几十个人的声音，从站着观看的乘客中吼了出来。

那肥人有点惊慌了，赶快移动脚步，挺起大肚子走开，一面急忙地说：

“饶了他们三个人的船钱，到前面码头赶下船去！”

那几个打手齐声答应“是”，也即跟着肥人走去了。

“真是灭绝天理良心的人，那样的虐待穷人！”“狗养的好凶恶！”“那个肥大头可杀！”“那几个当狗的打手更坏！”“咳，没有捶那班狗养的一顿！”在观看的乘客中，发生过一阵嘈杂的愤激的议论之后，都渐次散去，各回自己的舱位去了。

我也走回统舱里，向我的铺位上倒下去，我的头像发热病似地胀痛，我几乎要放声痛哭出来。

朋友，这是我永不能忘记的一幕悲剧！那肥人指挥着鞭打，不仅是鞭打那三个同胞，而是鞭打我中国民族，痛在他们身上，耻在我们脸上！啊！啊！朋友，中国人难道真比一个畜生都不如了吗？你们听到这个故事，不也很难过吗？

朋友，以后我还遇着不少的像这一类或者比这一类更难堪的事情，要说，几天也说不完，我也不忍多说了。总之，半殖民地的中国，处处都是吃亏受苦，有口无处诉。但是，朋友，我却因每一次受到的刺激，就更加坚定为中国民族解放奋斗的决心。我是常常这样想着，假使能使中国民族得到解放，那我又何惜于我这一条蚁命！

朋友！中国是生育我们的母亲。你们觉得这位母亲可爱吗？我想你们是和我一样的见解，都觉得这位母亲是蛮可爱蛮可爱的。以言气候，中国处于温带，不十分热，也不十分冷，好像我们母亲的体温，不高不低，最适宜于孩儿们的偎依。以言国土，中国土地广大，纵横万数千里，好像我们的母亲是一个身体魁大、胸宽背阔的妇人，不像日本姑娘那样苗条瘦小。中国许多有名的崇山大岭，长江巨河，以及大小湖泊，岂不象征着我们母亲丰满坚实的肥肤上之健美的肉纹和肉窝？中国土地的生产力是无限的；地底蕴藏着未开发的宝藏也是无限的；废置而未曾利用起来的天然力，更是无限的，这又岂不象征着我们的母亲，保有着无穷的乳汁，无穷的力量，以养育她四万万的孩儿？我想世界上再没有比她养得更多的孩子的母亲吧。至于说到中国天然风景的美丽，我可以说，不但是雄巍的峨嵋，妩媚的西湖，幽雅的雁荡，与夫“秀丽甲天下”的桂林山水，可以傲睨一世，令人称羡；其实中国是无地不美，到处皆景，自城市以至乡村，一山一水，一丘一壑，只要稍加修饰和培植，都可以成流连难舍的胜景；这好像我们的母亲，她是一个天姿玉质的美人，她的身体的每一部分，都有令人爱慕之美。中国海岸线之长而且弯曲，照现代艺术家说来，这象征我们母亲富有曲线美吧。咳！母亲！美丽的母亲，可爱的母亲，只因你受着人家的压榨和剥削，弄成贫穷已极；不但不能买一件新的好看的衣服，把你自己装饰起来；甚至不能买块香皂将你全身洗擦洗擦，以致现出怪难看的一种憔悴褴褛和污秽不洁的形容来！啊！我们的母亲太可怜了，一个天生的丽人，现在却变成叫化的婆子！站在欧洲、美洲各位华贵的太太面前，固然是深愧不如，就是站在那日本小姑娘面前，也自惭形秽得很呢！

听着！朋友！母亲躲到一边去哭泣了，哭得伤心得很呀！她似乎在骂着：“难道我四万万的孩子，都是白生了吗？难道他们真像着了魔的狮子，一天到晚地睡着不醒吗？难道他们不知道自己的伟大的团结力量，去与残害母亲、剥削母亲的敌人斗争吗？难道他们不想将母亲从敌人手里救出来，把母亲也装饰起来，成为世界上一个最出色、最美丽、最令人尊敬的母亲吗？”朋友，听到没有母亲哀痛的哭吗？是的，是的，母亲骂得对，十分对！我们不能怪母亲好哭，只怪得我们之中出了败类，自己压制自己，眼睁睁地望着我们这位挺慈祥美丽的母亲，受着许多无谓的屈辱，和残暴的蹂躏！这真是我们做孩子们的不是了，简直连一位母亲都爱护不住了！

朋友，看呀！看呀！那名叫“帝国主义”的恶魔的面貌是多么难看呀！在中国许多神怪小说上，也寻不出一个妖精鬼怪的面貌，会有这些恶魔那样的狞恶可怕！满脸满身都是毛，好像他们并不是人，而是人类中会吃人的猩猩！他们的血口，张开起来，好似无底的深洞，几千几万几千万的人类，都会被它吞下去！他们的牙齿，尤其是那伸出口外的獠牙，十分锐利，发出可怕的白光！他们的手，不，不是手呀，而是僵硬硬的铁爪！那么难看的恶魔，那么狰狞可怕的恶魔！一、二、三、四、五，朋友，五个可怕的恶魔，正在包围着我们的母亲呀！朋友，看呀，看到了没有？呸！那些恶魔将母亲搂住呢！用他们的血口，去亲她的嘴，她的脸，用他们的铁爪，去抓破她的乳头，她的可爱的肥肤！呀，看呀！那个戴着粉白的假面具的恶魔，在做什么？他弯身伏在母亲的胸前，用一支锐利的金管子，刺进，呀！刺进母亲的心口，他的血口，套到这金管子上，拼命地吸母亲的血液！母亲多么痛呵，痛得嘴唇都成白色了。噫，其他的恶魔也照样做吗？看！他们都拿出各种金的、铁的或橡皮的管子，套住在母亲身上被他们铁爪抓破流血的地方，都拼命吸起血液来了！母亲，你有多少血液，不要一下子就被他们吸干了吗？

嗄！那矮矮的恶魔，拿出一把屠刀来了！做什么？呸！恶魔！你敢割我们母亲的肉？你想杀死她？咳哟！不好了！一刀！啪的一刀！好大胆的恶魔，居然向我们母亲的左肩上砍下去！母亲的左肩，连着耳朵到颈，直到胸膛，都被砍下来了！砍下了身体的那么一大块——五分之一的那么一大块！母亲的血在涌流出来，她不能哭出声来，她的嘴唇只是在那里一张一张地动，她的眼泪和血在竞着涌流！朋友们！兄弟们！救救母亲呀！母亲快要死去了！

啊！那矮的恶魔怎么那样凶恶，竟将母亲那么一大块身体，就一口生吞下去，还在那里眈眈地望着，像一只饿虎向着驯羊一样地望着！恶魔！你还想砍，还想割，还想把我们的母亲整个吞下去？！兄弟们，无论如何不能与它干休！它砍下而且生吞下去母亲的那么一大块身体！母亲现在还像一个人吗，缺了五分之一的身体？美丽的母亲，变成一个血迹模糊肢体残缺的人了。兄弟们，无论如何，不能与它干休，大家冲上去，捉住那只恶魔，用铁拳痛痛地捶它，捶得它张开口来，吐出那块被生吞下去的母亲身体，才算，决不能让它在恶魔的肚子里消化了去，成了它的滋养料！我们一定要回来一个完整的母亲，绝对不能让她的肢体残缺呀！

呸！那是什么人？他们也是中国人，也是母亲的孩子？那么为什么去帮助恶魔来杀害自己的母亲呢？你们看！他们在恶魔持刀向母亲身上砍的时候，很快的就把砍下来的那块身体，双手捧到恶魔血口中去！他们用手拍拍恶魔的喉咙，使它快吞下去；现在又用手去摸摸恶魔的肚皮，增进它的胃之消化力，好让快点消化下去。他们都是所谓高贵的华人，怎样会那么恭顺地秉承恶魔的意旨行事？委曲求欢，丑态百出！可耻，可耻！傀儡，卖国贼！狗彘不食的东西！狗彘不食的东西！你们帮助恶魔来杀害自己的母亲，来杀害自己的兄弟，到底会得到什么好处？！我想你们这些无耻的人们呵！你们当傀儡、当汉奸、当走狗的代价，至多只能伏在恶魔的肛门边或小便上，去吸取它把母亲的肉，母亲的血消化完了排泄出来的一点粪渣和尿滴！那是多么可鄙弃的人生呵！

朋友，看！其余的恶魔，也都拔出刀来，馋涎欲滴地望着母亲的身体，难道也像矮的恶魔一样来分割母亲吗？啊！不得了，他们如果都来操刀而割，母亲还能活命吗？她还不会立即死去吗？那时，我们不要变成了无母亲的孩子吗？咳！亡了母亲的孩子，不是到处更受人欺负和侮辱吗？朋友们，兄弟们，赶快起来，救救母亲呀！无论如何，不能让母亲死亡的呵！

朋友，你们以为我在说梦呓吗？不是的，不是的，我在呼喊着大家去救母亲呵！再迟些时候，她就要死去了。

朋友，从崩溃毁灭中，救出中国来，从帝国主义恶魔生吞活剥下，救出我们垂死的母亲来，这是刻不容缓的了。但是，到底怎样去救呢？是不是由我们同胞中，选出几个最会做文章的人，写上一篇十分娓娓动听的文告或书信，去劝告那些恶魔停止侵略呢？还是挑选几个最会演说、最长于外交辞令的人，去向他们游说，说动他们的良心，自动地放下屠刀不再宰割中国呢？抑或挑选一些顶善哭泣的人，组成哭泣团，到他们面前去，长跪不起，哭个七日七夜，哭动他们的慈心，从中国撒手回去呢？再或者……我想不讲了，这些都不会丝毫有效的。哀求帝国主义不侵略和灭亡中国，那岂不等于哀求老虎不吃肉？那是再可笑也没有了。我想，欲求中国民族的独立解放，决不是哀告、跪求哭泣所能济事，而是唤起全国民众起来斗争，都手执武器，去与帝国主义进行神圣的民族革命战争，将他们打出中国去，这才是中国唯一的出路，也是我们救母亲的唯一方法，朋友，你们说对不对呢？

因为中国对外战争的几次失利，真像倒霉的人一样，弄得自己不想信自己起来了。有些人简直没有一点民族自信心，认为中国是沉沦于万丈之深渊，永不能自拔，在帝国主义面前，中国渺小到像一个初出世的婴孩！我在三个月前，就会到一位先生，他的身体瘦弱，皮肤白皙，头上的发梳得很光亮，态度文雅，他大概是在军队中任个秘书之职，似乎是一个伤心国事的人。他特地来与我作了下列的谈话：

他：“咳！中国真是危急极了！”

我：“是的，危急已极，再如此下去，难免要亡国了。”

“唔，亡国，是的，中国迟早是要亡掉的。中国不会有办法，我想是无办法的。”他摇头地说，表示十分丧气的样子。

“先生为什么说出这样的话来？哪里就会无办法。”我诘问他。

“中国无力量呀！你想帝国主义多么厉害呵！几百几千架飞机，炸弹和人一样高；还有毒瓦斯，一放起来，无论多少人，都要死光。你想中国拿什么东西去抵抗它？”他说时，现出恐惧的样子。

“帝国主义固然厉害，但全中国民众团结起来的斗争力量也是不可侮的啦！并且，还有……”我尚未说完，他抢着说：

“不行不行，民众的力量，抵不住帝国主义的飞机大炮，中国不行，无办法，无办法的啦。”

“那照先生所说，我们只有坐在这里等着做亡国奴了！你不觉得那是可耻的懦夫思想吗？”我实在忍不住，有点气愤了。他睁大眼睛，呆望着我，很难为情地不作答声。

这位先生，很可怜地代表一部分鄙怯人们的思想，他们只看到帝国主义的飞机大炮，忘却自己民族伟大的斗争力量。照他的思想，中国似乎是命中注定地要走印度、朝鲜的道路了，那还了得？！

中国真是无力自救吗？我绝不是那样想的，我认为中国是有自救的力量的。最近十几年来，中国民族，不是表示过它的斗争力量之不可侮吗？弥漫全国的“五卅”运动，是着实地教训了帝国主义，中国人也是人，不是猪和狗，不是可以随便屠杀的。省港罢工，在当时革命政权扶助之下，使香港变成了臭港，就是最老牌的帝国主义，也要屈服下来。以后北伐军到了湖北和江西，汉口和九江的租界，不是由我们自动收回了吗？在那时帝国主义在中国的威权，不是一落千丈吗？朋友，我现在又要来讲个故事了。就在北伐军到江西的时候，我在江西做工作，因有事去汉口，在九江又搭上一只J国轮船，而且十分凑巧，这只轮船，就是我那次由上海回来所搭乘的轮船。使我十分奇怪的，就是轮船上下管事人对乘客们的态度，显然是两样的了——从前是横蛮的无理，现在是和气多了。我走到货舱去看一下，货舱依然是装满了糖包，但糖包上没有蹲着什么人。再走到统舱去看看，只见两边走栏的甲板上，躺着好几十个人。有些像是做工的，多数是像从乡间来的，有一位茶房正在开饭给他们吃呢。我为了好奇心，走到那茶房面前向他打了一个招呼，与他谈话：

我："请问，这些人都是买了票吗？"

茶房："他们哪里买票，都是些穷人。"

我："不买票也可以坐船吗？"

茶房："马马虎虎地过去，不买票的人多呢！你看统舱里那些士兵，哪个买了票的？"他用手向统舱里一指，我随着他指的方向望去，果就看见有十几个革命军兵士，围在一个茶房的木箱四旁，箱盖上摆着花生米，皮蛋，酱豆干等下酒菜，几个洋磁碗盛着酒，大家正在高兴地喝酒谈话呢。

我："他们真都没有买票吗？"

茶房："哪里还会假的，北伐军一到汉口，他们就坐船不买票了。"

"从前的时候，不买票也行坐船吗？"我故意地问。

茶房："那还了得，从前不买票，不但打得要命，还要抛到江里去！"

"抛到江里去？那岂不是要浸死人吃人命？"我又故意地问。

茶房笑说：“不是真抛到江里去浸死，而是将他吊一吊，吓一吓。不过这一吊也是一碗辣椒汤，不好尝的。”

我：“那么现在你们的船老板，为什么不那样做呢？”

茶房：“现在不敢那样做了，革命势力大了。”

我：“我不懂那是怎样说的，请说清楚！”

茶房：“那还不清楚吗？打了或吊了中国人，激动了公愤，工人罢下工来，他的轮船就会停住走不动了。那损失不比几个人不买票的损失更大吗？”

我：“依你所说，那外国人也有点怕中国人了？”

茶房：“不能说怕，也不能说不怕，唔，照近来情形看，似乎有点怕中国人了。哈哈！”茶房笑起来了。

我与他再点点头道别，我暗自欢喜地走进来。我心里想，今天可惜不遇着那肥大头，如遇着，至少也要奚落他几句。

我走到官舱的饭厅上去看看，四壁上除挂了一些字画外，却挂了一块木板布告。布告上的字很大，远处都可以看清楚。

第　　号

国民革命军总司令布告

为布告事。照得近来有军人及民众搭乘外国轮船不买票，实属非是！

特出布告，仰该军民人等，以后搭乘轮船，均须照章买票，不得有违！

切切此布。

啊啊，外国轮船，也有挂中国布告之一天，在中国民众与兵、工奋斗之下，藤条、竹片和绳子，也都失去从前的威力了。

朋友，不幸得很，从此以后，中国又走了厄运，环境又一天天恶劣起来了。经过“五三”的济南惨案，直到“九一八”，日本帝国主义公然出兵占领了中国东北四省，就是我在上面所说那矮的恶魔，一刀砍下并生吞下我母亲五分之一的身体。这是由于中国民族革命运动，受了挫折，对于中国进攻采取了“不抵抗主义”，没有积极唤起国人自救所致！但是，朋友，接着这一不幸的事件而起的，却来了全国汹涌的抗日救国运动，东北四省前仆后继的义勇军的抗战，以及“一·二八”有名的上海战争。这些是给了骄横一世的日本军阀一个严重的教训，并在全世界人类面前宣告，中国的人民和兵士，不是生番，不是野人，而是有爱国心的，而是能够战斗的，能够为保卫中国而牺牲的。谁要想将有四千年历史与四万万人口的中国民族吞噬下去，我们是会与他们拼命战斗到最后的一人！

朋友，虽然在我们之中，有汉奸，有傀儡，有卖国贼，他们认仇作父，为虎作伥；但他们那班可耻的人，终竟是少数，他们已经受到国人的抨击和唾弃，而渐趋于可鄙的结局。大多数的中国人，有良心有民族热情的中国人，仍然是热心爱护自己的国家的。现在不是有成千成万的人在那里决死战斗吗？他们决不让中国被帝国主义所灭亡，决不让自己和子孙们做亡国奴。朋友，我相信中国民族必能从战斗中获救，这岂是我们的自欺自誉吗？

不错，目前的中国，固然是江山破碎，国弊民穷，但谁能断言，中国没有一个光明的前途呢？不，决不会的，我们相信，中国一定有个可赞美的光明前途。中国民族在很早以前，就造起了一座万里长城和开凿了几千里的运河，这就证明中国民族伟大无比的创造力？中国在战斗之中一旦斩去了帝国主义的锁链，肃清自己阵线内的汉奸卖国贼，得到了自由与解放，这种创造力，将会无限地发挥出来。到那时，中国的面貌将会被我们改造一新。所有贫穷和灾荒，混乱和仇杀，饥饿和寒冷，疾病和瘟疫，迷信和愚昧，以及那慢性的杀灭中国民族的鸦片毒物，这些等等都是帝国主义带给我们可憎的赠品，将来也要随着帝国主义的赶走而离去中国了。朋友，我相信，到那时，到处都是活跃的创造，到处都是日新月异的进步，欢歌将代替了悲叹，笑脸将代替了哭脸，富裕将代替了贫穷，康健将代替了疾病，智慧将代替了愚昧，友爱将代替了仇恨，生之快乐将代替了死之忧伤，明媚的花园，将代替了凄凉的荒地！这时，我们民族就可以无愧色地立在人类的面前，而生育我们的母亲，也会最美丽地装饰起来，与世界上各位母亲平等地携手了。

这么光荣的一天，决不在辽远的将来，而在很近的将来，我们可以这样相信的，朋友！

朋友，我的话说得太罗嗦厌听了吧！好，我只说下面几句了。我老实地告诉你们，我爱护中国之热诚，还是如小学生时代一样的真诚无伪；我要打倒帝国主义为中国民族解放之心还是火一般的炽烈。不过，现在我是一个待决之囚呀！我没有机会为中国民族尽力了，我今日写这封信，是我为民族热情所感，用文字来作一次为垂危的中国的呼喊，虽然我的呼喊，声音十分微弱，有如一只将死之鸟的哀鸣。

啊！我虽然不能实际地为中国奋斗，为中国民族奋斗，但我的心总是日夜祷祝着中国民族在帝国主义羁绊之下解放出来之早日成功！假如我还能生存，那我生存一天就要为中国呼喊一天；假如我不能生存——死了，我流血的地方，或者我瘗骨的地方，或许会长出一朵可爱的花来，这朵花你们就看作是我的精诚的寄托吧！在微风的吹拂中，如果那朵花是上下点头，那就可视为我对于为中国民族解放奋斗的爱国志士们在致以热诚的敬礼；如果那朵花是左右摇摆，那就可视为我在提劲儿唱着革命之歌，鼓励战士们前进啦！

亲爱的朋友们，不要悲观，不要畏馁，要奋斗！要持久地艰苦地奋斗！要各人所有智慧才能，都提供于民族的拯救吧！无论如何，我们决不能让伟大的可爱的中国，灭亡于帝国主义的肮脏的手里！

你们挚诚的祥松

五月二日写于囚室

囚人祥松将上信写好了，又从头到尾仔细修改了一次，自以为没有什么大毛病了，将它折好，套入一个大信封里。信封上写着："寄送不知其名的朋友们均启"。这封信，他知道是无法寄递的，他扯开书桌的抽屉，将信放在里面。然后拖起那双戴了铁镣的脚，钉铛钉铛走到他的铁床边就倒下去睡了。

他往日的睡，总是做着许多恶梦，今晚他或者能安睡一夜吧！我们盼望他能够安睡，不做一点梦，或者只做个甜蜜的梦。

1935 年 5 月 2 日

附：

这篇像小说又不像小说的东西，乃是在看管我们的官人们监视之下写的。所以只能比较含糊其辞地写。这是说明一个 ××× 员，是爱护国家的，而且比谁都不落后以打破那些武断者诬蔑的谰言！

死！

——共产主义的殉道者的记述

敌人只能砍下我们的头颅，
决不能动摇我们的信仰！
因为我们信仰的主义，
乃是宇宙的真理！

为着共产主义牺牲，为着苏维埃流血，
那是我们十分情愿的啊！

一

死神在祥松与他同时入狱的三个同伴面前狞笑，像一只猛鸷的鹰一样，正在张开它的巨爪，准备一下子就把他们四个人的生命攫了去！

“死是不可避免的，什么时候死，我们不知道，——生命是捏在最凶恶的敌人的掌心里！”这是他们入狱后常常说起的话。

千怪万怪，绝不能怪别人，全怪自己错误！咳！错误—— 一个无可补救的错误！过去虽也做过错误，但错误的危险性较小，影响较小，这次，这次是做了一个无可补救的错误，一个致命的错误啊！率领的军队受到损失。自己亦落于敌人之手。还有什么可说，还有什么可说呢？只有死就是了。

敌人们明明告诉了他们，摆在他们面前的，只有两条路，一条是投降，而得暂时的苛生，一条就是死！他们不约而同地选定了后一条路。投降？不能够的，决不能够的。

抛弃自已原来的主义信仰，撕毁自己从前的斗争历史，礑的一声，跳入那暗沉沉的秽臭的污水潭里去，向他们入伙，与他们一块儿去抢，去掳，去刮，去榨，去出卖可爱的中国，去残杀无辜的工农；保住自己的头，让朋友的头，滚落下地；保住自己的血，让朋友的血。标射出来。这可都能作下去？啊！啊！这若都能作下去。那还算是人？！是狗！是猪！是畜生！不，还是猪狗畜生不食的东西！无论如何，不能作那叛党叛阶级的事情，决不能作的。

于是大家都在那幽暗熏臭的囚室里，东倒一个，西倒一个地卧在竹床上，心平气静地等候着那一刻儿的到来，等候着那一颗子弹，或是一刀！

“脖子伸硬些，挨它一刀！临难毋苟免！”那个在征剿革命的叛逆的东征战役中，被打残了一只左手的只手将军田寿说。他说时，用劲地伸出他的脖子，做个真像有一个刽子手持刀向他脖子上砍下去的样儿。

“对！必须如此！”那个经过百战以上身子瘦瘦的病知说。

“我们必须准备口号，临刑时，要高声地呼，用劲地呼，以表示我们的不屈！”在这次失败中负主要责任的囚人祥松说。

那个在被俘时负伤三枪，卧在床上正在发寒发热，神思昏迷的仰山，不知怎的，被他听明白了口号两个字，就用他那有气无力的声音，仰起头来很关心地问：

“口号？你们是不是在讲临刑时的口号？要准备几个口号——有力的口号！”

“仰山！你安心地睡吧！不要你操心！口号容易准备的。”祥松说。

“要的，几个有力的口号！”仰山的头，睡在那灰布大衣叠成的枕头上，上下点了两下，就闭上眼皮，去呻吟他的病和伤的痛苦去了。

大家沉默了下来。等一会，田寿与病知两个仍去下象棋；祥松不懂象棋，只得独自去看从难友处借来的杂志；仰山照旧一声长一声短地呻吟。

午饭开来了。五碗菜，内有一碗汤，算是三荤两素。这是对他们特别的优待，与他们脚上钉着十斤重的铁镣同时而来的特别优待。左右两边栊子里的难友，吃了过于粗恶的莱饭，似乎有点羡慕他们每餐五碗菜的优待，他们却巴不得能除去那沉重压脚，同时是一种莫大的羞辱之标志的脚镣，情愿去吃他们一样的饭菜。

仰山睡在床上，病得糊里糊涂，一点东西也不想吃，只是依着医生的话，喝点盐开水。这三荤两素的午饭，只剩得他们三个去吃了。

三双筷子，在五个碗内进出了一二十次，菜统吃光了，只剩下几个半碗的汤水。他们开始倒汤泡饭，要借汤水的帮助，去咽下那未完的黄米饭。

“同志！我们在这里吃饭，我有点怀疑到底是为谁吃的。”祥松有点感慨地说。

两人愕然。

“好像我们吃饭，不是为着自己吃的，是为着刽子手们的枪弹或刀吃的。吃胖了一点，让它们尝点油味儿。”祥松接着又说。

“不管它，生一天就得吃一天！”病知说。

“吃吧，不要讲死了就不吃。”田寿说。

三个又低下头来，用劲地去咽那汤泡饭了。

饭后，看守兵送进大半脸盆的水来，尽田寿先洗脸。

田寿剩下来的一只手，这次又打伤了。他请看守兵帮他洗了脸，又帮他洗头发。擦上那“金鸡牌”的香皂，一头满是白皂沫。

“只手将军！你把头发洗得那样干干净净做什么？”祥松带着一点与他开玩笑的神气说。

“我把头发洗干净，是准备去见上帝啦！”田寿带笑地答。

“见上帝？看不出你会说出这样有趣的话来！是的，你死了，将会升入天堂，坐在上帝的右边。”

“我偏要坐在左边！”

“好吧，你就在左边好了。哈哈，有趣！”

哈哈，哈哈，哈哈哈……三人都同笑起来了。

仰山为笑声惊醒，又仰起头来问：

“你们为什么笑？”

“仰山，只手将军说，头发洗干净了，是准备去见上帝，并要坐在上帝的左边。这话怪有趣的呀！”祥松告诉了他。

“唔，有趣的话！”仰山说了这四个字，那黄瘦得怕人的脸上，露出来一点勉强的苦笑。“哎哟！”接着又叫痛起来了。

都倒在竹床上去睡午觉了。在牢狱里有什么可做？只有吃了睡，睡了又吃。牢狱里是叫一切健康的聪明的有作用的人，去睡，去病，去死！

有十几年午睡习惯的祥松，往日无论怎样，午饭后必须睡一忽儿，哪怕是五分钟，睡了一会，精神才会好起来。今天，他倒在竹床上，总不能入睡。越用劲去睡，越不能睡着。有许多思想钻入他的脑子来。他睁大着眼睛，出神地沉思：

死，是无疑的了。什么时候死，不知道。生命捏在敌人的掌心里。是的，他要我们死，只要说个“杀”就得。一个革命者，牺牲生命，并不算什么希奇事。流血，是革命者常常遇着的，历史上没有不流血的革命，不流血，会得成功吗？为党为苏维埃流血：这是我十分情愿的。流血的一天，总是要来的。那一天是这样来的；

看守所派人带了铁匠来开脚镣，假意地说：“你们这几位，戴着脚镣确太拖累了，奉上面命令，替你们开了去，让舒服些！”当然我们明知这是假话，真的意思，就是通知我们要枪毙或者要斩了，我们死了，损失了狱中的三副镣（仰山因重伤未带镣）岂不可惜。……不过，恐怕也不一定要开镣，也许他们这次大量点，让着送了这三副镣，或者在死人脚上捶下这三副镣。也还不是可以的吗？不管它！看！看守所长，看守长，还有几个看守兵进来了。后面跟着十几个兵士，持着枪，弹巢里都按上了子弹，枪上都上好刺刀，白亮亮的。还有几个挂驳壳枪的，都站在囚室门外等着。看守所长—— 一个蓄了胡子矮而胖的中年人，走上前来一脸的奸笑，说；“对不起，处里提你们的堂，请即刻就走！”

“是解决我们吗？”我们当然要问一声。

“哪里话，哪里话，决没有的事，只是提堂罢了，各位放心，不要作慌！”

“施！作什么慌，我们早就准备了。去！”我们开步走，众兵士前后左右包围着同走。仰山呢？他病了不能走，怎么办呢？自然他们会有办法，会抬着他的床一起走。

到了处里，法官，什么法官，狗！已升了庭，屋外站了五六十个兵，都是挂驳壳枪的，见到我们去，视线全转到我们身上来了。每个人的眼睛里，似乎都在说；“再等一会，你们四个人都完了！”我们不理他们，到了这个地步，还有什么可说，我们昂然走到法庭前站着，仰山的竹床自然也抬上来了。坐在庭上的法官，狗：旁边还有几个拿笔在等着写的书记官们。法官，狗！开口说，声音很粗很凶：

“你们四个人晓得犯了什么罪吗？”

“我们犯了什么鸟罪，就是没有同你们一起去卖国……”我应该如此说。

啪！法官，狗！拿起戒尺在案桌上着力地拍了一下，圆睁着一双炯炯灼人的凶眼。喝道：

“绑起来，杀人放火，奸淫掳掠，罪恶滔天！奉令处你们死！”

“呸！发什么狗威！杀人放火，奸淫掳掠，正是你们的拿手戏！”我说。

“打倒帝国主义！”“打倒国民党！”“红军万岁！”“苏维埃万岁！”“共产主义万岁！”我们大声叫起口号来了

“打！拖出去！”法官，狗！气得咆哮起来。于是兵士抢上来，向我们拳打脚踢，枪头乱打乱戳！十几个提一个，押上汽车。兵士们碰着了仰山负重伤里面还藏有许多碎骨的手，仰山尖音呼痛起来！嘟嘟嘟，汽车开动了！沿途有不少的人在看。沿途我们都高呼口号。一会儿到了刑场，兵士把我们提出来，一排儿站着。“跪下去！”刽子手下命令！“打倒帝国主义！打倒国民党！”膝头弯里猛着了几枪托，打跪下去了。于是哨子一吹。眼睛一阵黑，完了！完了！我们四个人，完了！

于是穿西装的，穿呢军服挂斜皮带的敌人们，都在张开血口狞笑，庆贺他们结果了四个巨敌。哼！魔鬼们！慢点！不要高兴过度了，我们四个虽死了，比我们更聪明更有能力的同志，还有千千万万，他们会因我们被惨杀，而激起更高的阶级仇恨，他们会与你拼命斗争到底！不怕你们屠刀大，你怎样也杀不完的！历史注定你要倒！我们一定要打倒你的！

“我们一定要打倒你的！”祥松想到这里，不觉大声喊了出来！

“你不睡，喊，发了疯？！”田寿仰起头来问。

“我在想事情，睡不着呢。”

二

在另一天喝了早晨的稀粥后，三个人就围坐在那张东摇西歪的杉木桌上闲谈起来。仰山仍然睡在竹床上呻吟，愈病愈瘦了。三人看看他的模样，以为他不要几天就会死去。“病死也是一样，不过受苦多了。”大家只能替他叹叹气罢了。

三个人闲谈着。在牢狱里，除吃饭，睡觉。看书，下棋，拉尿拉屎以外，就只有作无目的地闲谈。闲谈范围很广，古今中外，过去未来，统都谈到。没有一定的次序。没有预定从哪里谈起，谈到哪里结尾，大家都是随心所欲地漫谈，想到什么，就谈什么，这件事没有谈完，一个新的有趣的话冲上来，就又谈到那件事去了。

不知是怎么谈起，他们谈到人口问题上来了，大概是因为杂志上登载了苏联每年增加二百万人口的一条小新闻，就引起了这三个镣押狱中，生活苦闷的闲谈者的谈锋。

病知；“苏联每年增加二百万人口，它原只有一万万五千万人口；照这个比例来算，那中国每年应该增加五百多万人口了。自民国元年起，到今年岂不要增加了一万万多人口了吗？”

祥松：“我看中国人口，近二十多年来，恐怕没有什么增加，或者减少了一些也未可知；就是增加一点，决增加不了多少。”

田寿：“中国人口的数目，始终是一个未曾猜破的谜，谁也没有知道中国现在确有多少人，大家不过都是估估猜猜而已！”

病知："中国人口虽不见得增加多少，大概减少是不会的吧！"

样松："当然不能说一定减少，但增加多少——好在我们没有一个确实的人口统计，我们不必去争一定是增加或是减少。但这是可以断言的，就是一个国家人口的增加，是决定于那个国家经济的发展，与一般国民生活的向上与安定。中国呢？国民经济正在总的崩溃，一般国民生活，正沉沦于饥饿和死亡线上挣扎着，除少数剥削阶级外，人人都有'今天不知明天怎样'的感觉。我不信吃树皮草根和观音粉的人们，能活长命和生育多。我们可以看到，自民国元年以来，连年军阀混战，没有停止过一年，最近，国民党又用全国力量，不，还联合着各帝国主义的力量，去进攻苏区和红军，这长期的战争，战死的人多少？因战争影响而死的人又多少？连年的水旱灾荒，饿死冻死的人多少？西北数省有名的旱灾。就饿死了一千余万，一九三〇年的水灾，死了多少，虽不得知，但想也可想到总是一个不小的数目；去年的旱灾，单是湖南一省就饿死一百八十万人；因营养不良，因吃树皮草根和观音粉而渐渐地瘦弱，渐渐地病死的，更不知有多少人！打皮寒买不起一颗金鸡纳霜丸来治病，发伤风捡不起一帖午时茶来煎服，发霍乱买不起一瓶救急水来救死，生肺病更谈不上买鱼肝油或帕洛托了。这样贫病而不能得到医药的国家，我们能够望它人口增加吗！加上那班走投无路的人们，天天都不知有多少在投河吊颈，服安眠药水以自杀，这班不敢奋斗却敢自杀的人，也不在少数吧。因革命被杀或因文字或因语言遭杀的人，以及在监狱中活活地磨死的人又知有多少。还有那帝国主义的飞机大炮所屠杀的，在东北四省、在上海战争以及在各地被他们屠杀的人们又谁能知有多少。中国是一个死神统治一切的国家，谁也不知他什么时候会死去……"

"中国人的命，不值一个钱，死个人像死一条狗一样！咳！"田寿长叹了一声！

“死条狗还有人来看看，拖去箝毛剥皮，煮熟了吃，死个人，简直想也没有人想，像那两个昨天上午就死了，到如今还不见有人来埋。”病知指着四室外两个睡得硬直直的死人说。

三个人都站起来向室外望一望，表现出一种怜悯同情的神色。

“左右两号十几个病得那么重的，也总是这几天内的货！听！他们叫得才凄惨呢！”两边号子里都传过来病犯呼痛的呻吟！

“就是我们的这一个，知道又挨得住多少天！”祥松指着仰山说。

“哎哟！给我一口水！”仰山对着祥松喊。

祥松倒了一杯盐开水，用茶匙灌给他喝，并问：

“仰山，现在你觉得怎样？”

“肚子里发烧，头痛得很，伤口也痛，我巴不得他们来补我一枪。”

“不要性急，忍受点吧。”

“总盼早死一点！哎哟！活受罪！好恶呀，让我活受罪。”

“田寿先生，烧饼！”看守兵送上来六个烧饼，摆在桌上。

“烧饼主义者，你又买了烧饼吗？”祥松对田寿带笑说，因四寿近几天来常买烧饼吃，大家就奉送了他一个“烧饼主义者”的名称。

“是的，是我买的，你不是烧饼主义者，大概不吃这烧饼吧！”

“既买得来，还是吃，哪怕不是个烧饼主义者。田寿。你领来的二十元，还剩了多少？”

“还存有两块钱。”

“这两块钱用完了，烧饼主义，也就要破产了。”病知说。

“不见得，不见得，我的烧饼主义正大通行啦。你看，看守所每天早晨几篮子烧饼都给囚人们消完了。足见我的主义，正在通行，这倒是一种适合大众的主义啦。”

“只手将军，你说你的主义，适合于大众，倒不见得，许多难友，一个铜板都没有，想买一个烧饼，也只有空咽口水，他们就不能做你烧饼主义的信徒了。买不起烧饼的人，才多着呢。如果要跟随的人多，倒不如提倡提倡树皮主义，或是草根主义，或是观音粉主义，那准相信的人多了。烧饼主义，在许多穷光蛋看来，还有点带贵族气味呢。”祥松笑着说。

“放着饭不吃，就算饭有点腐毒气，去吃烧饼，首先我也就感着有点贵族气了。”病知这几天特别反对田寿有时不吃饭而买烧饼吃，他觉得剩下的两块钱用光了，那才洗衣服的钱都没有了。

“吓！一张报！”祥松发现包烧饼的纸是一张三天前的报纸。

“报纸？看看！看里面有什么事，妈的，报都不准我们看！”三个人的头都凑拢起来，注视那一张因烧饼角儿戳破许多洞孔的报纸。

报纸上没有什么重要新闻，只一条新闻是说要在“收复区”建造白骨塔，以志不忘。

“他妈的，自己用飞机大炮杀了许多人，却把罪恶望〔往〕他人身上推，真像强盗杀了人，把血衣脱下披到别人的身上去，好狠心奸猾的家伙！”病知愤激地说。

“报纸在他们手里，颠倒是非黑白，还不是由着他们做！自己一烧几百里的民房，却还说人家放火；到处抢劫民众破衣烂被，饭锅碗体，连女人用的高脚盆都搬起走，还说人家抢劫！只有战胜它，之后，才能讲真理的！”祥松说。

“哼，造白骨塔，就在这监狱里造个直径十丈高度十丈的高塔，把这里枪毙的杀头的，以及活活磨死的人们的骨头装进去，一年之内，怕不会装满来？”田寿不胜感叹地说。

“我想，我可以替他们计划一下。要造白骨塔，中国可以造十几万个，每个村庄都得造一个。小的城市造四五个。大的城市就造十几个。像上海、北平、南京、武汉等城市，就造一百多个也不为多。

年老而死的不算数，专收那些饿死冻死的，营养不良而病，病了没有医药而死的，为革命被杀的，为战争牺牲的，以及那些无出路而自杀的冤死鬼们的骨头，的确，像你所说，不上一年，十几万个的塔都会装得满满的。挖出来开个春肥店，搀〔掺〕在牛的猪的骨头里一起卖，怕不会是一笔大的财政进款。正可以补助补助国民财政的困难啦！”祥松说。

“我们四个人的骨头，恐怕也能卖出几块钱来增加他们的财政收入把！”

“中国人的生命，真像一个蚁子，一皮草儿，一天到晚，不知要糟踏多少？死个几千几万，全不能使他们动一动念儿！”

“所以我们四个人的死，真算不得一点什么了！我们的血，真是像血海中之一滴！”

“妈的报，反动的宣传！”病知将那张报纸拿起来一撕一捏，捏成一个卷儿，就丢在那马桶里去了。

三

当日的晚饭后，祥松被“提讯”到法庭去了。在法庭坐了不久，副处长来了。他是瘦瘦的人，三角形脸，皮肤白净有光。两只溜溜转的老鼠眼，表现出他处事的决断。据说。他处理案件非常简单爽快，什么案子到他手里一刻儿就解决了。他有一个决案的腹稿，即是：凡关于共案，宁错杀不可错放。当了分田委员的杀！打过土豪的杀！当过乡苏主席的杀！加入了共产党的杀！被俘来的红军，排长以上的都杀！不杀的就下监，起码三年，多则五年二十年或无期徒刑不等，这算是特别的宽大了。他有了这个铁则，不怕几多案件，他只要看一看犯人的出身，口供如何，那是次要的，是什么人，就给什么处分，毫不需要怎样去考虑，不要一刻时候，他就按一按叫人铃，说案件统给决了，拿去执行好了。因此，许多人便称赞他处事的果决和敏捷。俘获祥松等的重赏，已经被人家得去，现在劝降的这笔生意，是他顶来办了。他一进入法庭来，就睁大那鼠眼，怒声地叫那监视祥松的看守所钟所员端凳子，凳子端上来了，说不好，又要端椅子，椅子又说摆得不好，连声骂；“你是一只猪，如此之蠢！”骂得那钟所员面红耳赤，退立室外。这个老钟，平素对待囚犯，是打骂都来，十分威风，现在却被副处长骂得像一只在猫爪下的鼠儿一样，连声都不敢唧一唧，倒引起祥松暗笑了。副处长假意地礼让一番，坐定之后，即开口说：

“今天提你出来，并不是审问你，而是要告诉你一个消息。”

“什么消息？”

“这消息于你十分不利，说是你的夫人组织了军队。”

“这是从哪里得来的消息？”

“从公署方面来的，据当地驻军电告，由你的夫人统率着，大概有一二千人，冲到了铅山方面，拆了我们的一些碉堡——那是不要紧的，马上又可以造起来，起名为赴难军。”

“湖南军？”祥松没有听懂这三个字的意义。

“赴难军，不是湖南军。”处长在左小衣袋里摘下自来水笔，在纸上写下“赴难军”三个字，用笔尖在这三个字上点点“是这个。”

“啊！赴难军。”祥松心上一阵又是悲痛又是钦敬，又是快慰的情绪冲上来，几乎要感动得流出眼泪来了。

“这确是于你们的案子不利，特来告诉你。”

“那倒没有什么，”祥松心中想，我们只是死，还有什么利不利。“不过，我可以告诉你，我的妻子，决不能带兵，她从来没有上过火线，这或者是另一些人带的。”

“你的夫人一定不能带兵吗？也许他们拿你夫人的名字号召号召一下也难说的。”

“我决不哄你，她是一定不能带兵，同时，她的政治地位并不算高，大家不会拿她来号召。共产党是有完全领导红军的力量的。”

“那照你说，我将向公署报告。唔…你是不是愿意看见你的夫人？你与她的爱情很好？你有几个孩子？”

“我共有五个孩子，都很小，我与我妻的爱情不坏，因为，我们是长期同患难的人。但我已到了这个地步，妻和儿子哪还能顾到，我只有抛下他们。”

“那倒不必，妻和孩子，是不能而且不应该抛下的。你愿不愿写封信去找你的夫人前来？”

“找她来，做什么？”

“找他来，当然有益于你，这就表示你已倾向于我们了。”

“妈的，倾向于你们这些狗？”祥松心里想。

“不能够的,我也不知道她现在什么地方。”祥松只好托词推拒了。

“你如果愿意写信去，地方我想总可以找到。这次不是解了几十名你们那边的人来了吗？你写出信来，准你在他们之中，拣一个可靠的送去。”

“唔……”祥松沉吟了一下，心中暗思，让我拣一个可靠的人送信去？那不是一则可以救出一个干部，二则可以写封密信送去苏区吗？咳！最苦的就是找不到一个人送信去告诉他一切情形。“等我想想看，我想派人去至多只能探问一下她的消息。”

“我想向你进一忠告，你们既已失败至此，何必尽着固执，到国方来做事好了。”处长进一步地进逼了。

“哼！我能做什么事。”祥松差不多是从鼻子里呼出了这句话。

“你能，你能做事的，我们都知道，上面也知道；不然杀了多多少少你们那方的人，何以还留到你们不杀呢！老实说，上面要用你们啦，收拾残局，要用你们啦！”

“我可以告诉你，要知道，留在苏区的共产党员，都是经过共产党的长久训练，都是有深刻的主义的信仰的。”

“嘻嘻！”处长带着一种不信任的奸笑，“都是有主义的信仰？而且有深刻的主义的信仰？那倒也未必尽然吧！我想大部分不过是盲从罢了。”

“你不能这样去诬蔑共产党！”

“当然，我不能全说都是盲从，里面有主义信仰的顽固的自然也有，或者不少。我搁下那问题不说，现问一问你们的主义会不会成功呢？据我看来，你们的主义，是不得成功的，就是要成功，恐怕也还得五百年。”

“你从哪里看出来的呢？”

“我从人们对你们主义的心理上看出来的。”

“那倒不确实的，现在中国太多数人是倾向于我们的主义。”

“我所见的就不是那样。我所接近的人们，全反对你们。现在说转来吧，就作算不要五百年，顶快顶快也得要二百年。总之，不能在我们一代实现。那是一定的了。我们为什么要做傻子，去为几百年后的事情拼命呢？当然苏俄国家搅〔稿〕得很好，但并不是实行共产主义，你知道吗，他们是实行国家资本主义啦。据我的见解，主义并没有绝对的好坏，总得看看是否适合于今日。譬如说，我们国方的主义，也有许多人说坏话，但说的尽说，现在总是我们国民党统治中国；我在国民党里，总有事做，总有生活，这种主义已经就值得我们相信了。人生在世，公私两面都要顾到，有私才有公，有公也才有私。一心为公，完全忘了私，忘了个人，我看那不能算是聪明人吧。我常是这样想，万一共产主义会成了功，那谁能料定我会不转一转身儿，这是我的实心话；不过我可以肯定地说在我一代总是不会成功的，所以我得放胆地做事。中国有句古话：‘识时务者为俊杰’，随风转舵，是作〔做〕事人必要的本领……”

“朝三暮四，没有气节的人，我是不能做的。”

“气节？现在时代还讲气节？现在已经不是有皇帝的时代了，什么尽忠守节，那全是一些封建的道德啦。比方说，从前不是有许多人与中央反对吗？现在他们不都又在中央做事？打仗时是敌人，打仗完了就握手言欢，互称兄弟了。一个人无论怎样，目前的利益，必须顾到，只求在生快乐一点，死后，人家的批评怎样，我们倒可不用去管了。你晓得孔荷宠吗？”

“听到他的名字，没有见过面，他是个无耻的东西！”

“他无耻？在你们说他无耻，在我们却说他是觉悟，他现在极蒙上面信任，少将参议！每月有五百元的薪金！”

“我不能跟他一样，我不爱爵位也不爱金钱。”

“哼！”处长的脸孔，突然变庄严了。“你须知你自己所做的事！有许多人被我叛〔判〕决执行枪毙的时候，都说：‘老子过二十年又是一个好汉’，你是知道这全是一种迷信的话，枪一响，人就完了，什么也没有了。所以我警告你，这确不是好玩的！我看你是一个人才，故来好意劝你，不然，你与我有什么相干呢？我做我的官，你做你的囚犯，枪毙你是上面的命令，全不能怪我！千钧一发，稍纵即逝！确不是好玩的！”处长的警告是十分严重的，他的话后面，就是：你如果不投降，马上就是一枪！

“我完全知道这个危险！但处在这事无两全的时候，我只有走死的一条路，这是我这次错误的结果啦！”祥松并没有怎样重视他的警告。

两人沉默了一会。

“处长还有什么话要问的吗？”祥松耐不住这种空气，急于要躲开去。

“没有了。看守！你们背他进去，他脚上的镣，不好走路。”

于是那所员和看守兵走过来将他背起走，处长在他离开法庭前还警告地说：

“你要过细想想看，千钧一发，确不是好玩的！”

祥松回到栊子里，田寿与病知都急着来问：“什么事？”祥松叫他们坐拢来，把上面所谈的话，都详细地告诉了他们。他们听到了赴难军这件事情，心里也都十分感动。又谈到拣一个人送信去苏区，病知不同意，恐怕影响不好；因为有人去苏区。敌人就可以造谣说是我们已经投降了。这件事经过商量之后，也就将它搁下不提了。

四

因为祥松与看守兵的接近和谈话，有几个看守兵是与他们相处如朋友了。一天有一个看守兵跑来告诉祥松：

“报告你一个好消息，你们的案子已经延长下来了。”

“怎么的，请说明！”

“就是那一天你与副处长说话之后，处里就呈了一封公文上去；我可以直告诉你，公文上是说你们没有投降之意，拟定要枪毙你们；但上面批了下来，却是‘缓办’两字。你们的案子，一时是不至于解决的了。”

“还听到什么话吗？”

“没有了。有话都会告诉你的。你们放心吧，吃得炮些，睡得着些！”

“是的，谢谢你。”祥松笑着与他点一点头。

过了几天，那个看守兵，又跑来报告祥松的消息：

“听说有人打电报营救你们，也有人打电报请赶快杀了你们，上面已有电来要处里查复，据一般人说，你们的案子有希望。”

“处里复了电去了没有？”

“不知道，大概没有复电去吧。”

“你从哪里听来的消息？”

“从一个法官处听来的，但要绝对秘密，外面不能说的啊！”

“谢谢你的好意，你放心，我决不至于对谁说的。”

祥松得了这两个消息，脑中起了一个很大的骚动。原来他们初入狱的时候，以为马上就会枪毙了，他们只是在等着死，心里倒很平静，几个人谈谈讲讲，容易过日。“现在是不是还是袖着手等死呢？”祥松想。“不错，不屈而死，是一种积极的行动，这样的死，可以激起同志们对敌人的仇恨，提高同志们斗争的不折不挠性与赴死如归的牺牲心。但是，我们都是受了十余年党的教育，有了十余年斗争的经验，特别是这次失败的血的教训，与在狱中的忧思苦虑，这次若能越狱出去，当然要用比前加倍勤苦的精神去工作；一二年后，创造几十县的苏区，发动几百万的工农群众起来斗争，创立几千几万的红军，那都是完全可能做到的。失败，这次的失败——是我们十分悲痛的失败，然而我们若能出狱，今日的失败，安知不是明日更大成功之要素！我十分憎恨地主，憎恨资本家，憎恨一切卖国军阀；我真诚地爱我阶级兄弟，爱我们的党，爱我中华民族。为着阶级和民族的解放，为着党的事业的成功，我毫不希罕那华丽的大厦，却宁愿居住在卑陋潮湿的茅棚；不希罕美味的西餐大菜，宁愿吞嚼刺口的苞粟和菜根；不希罕舒服柔软的钢丝床，宁愿睡在猪栏狗窠似的住所！不希罕闲逸，宁愿一天做十六点钟工的劳苦！不希罕富裕，宁愿困穷！不怕饥饿，不怕寒冷，不怕危险，不怕困难。屈辱，痛苦，一切难于忍受的生活，我都能忍受下去！这些都不能丝毫动摇我的决心，相反的，是更加磨炼我的意志！我能舍弃一切，但是不能舍弃党，舍弃阶级，舍弃革命事业。我有一天生命，我就应该与它们工作一天！我不应该利用目前的一切可能与时机，去图谋越狱吗？我不应该对敌人施行一些不损害革命利益的欺骗和敷衍，以延缓死刑之执行吗？应该的，应该如此做去，来达到越狱的目的。共产党员不是要清高孤傲，而是要以他的行动去击破敌人，消灭敌人。不错，病知的话是不错的，不要弄巧成拙，画虎成狗。事业未成，反惹起党的怀疑，弄得自己身败名裂。这话是值得注意的，但总不能因此，就放弃一切可能而来驯驯服服地等死！我们应该在此束手等死吗？不，我们应该活动，应该奋斗！奋斗不成而死、当然无话可说，这总算是尽了我们最后的努力了。一个共产党员，应该努力到死！奋斗到死！是的，应该决定！就是这样决定吧——以必死的决心，图谋意外的获救！我应该告诉他们，要他们一致来行动吧！”

祥松经过一番思索之后，已决定他就〔将〕的意见，悄悄的跑去告诉田寿和病知，要他们郑重考虑一下！

病知说他考虑了一晚，觉得毫无把握，因为这是敌人最巩固的后方，不容易冲出去，还是一死算了，免得徒劳。

田寿说，越狱非完全不可能，不过须有外援，无外援是不能成功的。同时，他说，祥松、病知或可出险，他自己与仰山是无望的，因为他们都是残废，容易被人发觉。祥松说，要越狱一齐出去，生死存亡在一起！

病得糊里糊涂的仰山，却有一肚子的恼火！当祥松与他密谈不知在哪一天死的话，他却激愤地说：

“他妈的，你们应该打下去，组织一个暴动！”

祥松决定进行越狱了！越狱是万死中去求一生，否则万死就是万死！不管成败如何，生一天就得努力一天！

从此之后，祥松的态度改变了一些，对国民党要人们来劝降，虽然知道他们是在放一大堆臭屁，但他不大答话，不与他们争辩。对于下层人们，如看守兵和卫兵们，则不放弃一点时机，向他们做宣传工作，极力争取他们，去取得他们的同情和帮助。

最苦的就是不知党的通信处，不能将狱中情形报告党，请党来援救，这确是一个极大的困难了。

同时，祥松也利用这时间写了一些文件，希望死后能送给党。

究竟他们能以无比的英勇和冒险，去达到越狱的目的呢，还是如祥松从前所想的一样，被绑去法西斯蒂的刑场枪毙呢？现在，他们都毫无把握。照目前情形看来，在刑场就戮的份儿大概要占百分之九十九吧。

不管怎样，祥松还是天天在暗中努力着，为着这，用去了许多思想和心血，他头上的白发，差不多增加了一倍了。

一九三五年五月二十五日完

这篇东西，当然不成为小说，只是我们狱中生活片段的记述而已。

清 贫

我从事革命斗争，已经十余年了。在这长期的奋斗中，我一向是过着朴素的生活，从没有奢侈过。经手的款项，总在数百万元；但为革命而筹集的金钱，是一点一滴地用之于革命事业。这在国方的伟人们看来，颇似奇迹，或认为夸张；而矜持不苟，舍己为公，却是每个共产党员具备的美德。所以，如果有人问我身边有没有一些积蓄，那我可以告诉你一桩趣事：

就在我被俘的那一天——一个最不幸的日子，有两个国方兵士，在树林中发现了我，而且猜到我是什么人的时候，他们满肚子热望在我身上搜出一千或八百大洋，或者搜出一些金镯金戒指一类的东西，发个意外之财。哪知道从我上身摸到下身，从袄领捏到袜底，除了一只时表和一支自来水笔之外，一个铜板都没有搜出。他们于是激怒起来了，猜疑我是把钱藏在哪里，不肯拿出来。他们之中有一个，左手拿着一个木柄榴弹，右手拉出榴弹中的引线，双脚拉开一步，作出要抛掷的姿势，用凶恶的眼光盯住我，威吓地吼道：

“赶快将钱拿出来，不然就是一炸弹，把你炸死去！”

“哼！你不要作出那难看的样子来吧！我确实一个铜板都没有存；想从我这里发洋财，是想错了。”我微笑淡淡地说。

“你骗谁！像你当大官的人会没有钱！”拿榴弹的兵士坚不相信。

“决不会没有钱的，一定是藏在哪里，我是老出门的，骗不得我。”另一个兵士一面说，一面弓着背重来一次将我的衣角裤裆过细地捏，总企望着有新的发现。

“你们要相信我的话，不要瞎忙吧！我不比你们国民党当官的，个个都有钱，我今天确实是一个铜板也没有，我们革命不是为着发财啦！”我再向他们解释。

等他们确知在我身上搜不出什么的时候，也就停手不搜了；又在我藏躲地方的周围，低头注目搜寻了一番，也毫无所得，他们是多么地失望呵！那个持弹欲放的兵士，也将拉着的引线，仍旧塞进榴弹的木柄里，转过来来抢夺我的表和水笔。后彼此说定表和笔卖出钱来平分，才算无话。他们用怀疑而又惊异的目光，对我自上而下地望了几遍，就同声命令地说：“走吧！”

是不是还要问问我家里有没有一些财产？请等一下，让我想一想，啊，记起来了，有的有的，但不算多。去年暑天我穿的几套旧的汗褂裤，与几双缝上底的线袜，已交给我的妻放在深山坞里保藏着——怕国军进攻时，被人抢了去，准备今年暑天拿出来再穿；那些就算是我唯一的财产了。但我说出那几件“传世宝”来，岂不要叫那些富翁们齿冷三天？

清贫，洁白朴素的生活，正是我们革命者能够战胜许多困难的地方！

一九三五年五月二十六日写于囚室

给某夫妇的信

目前在国际以及在中国，都在进行共产主义与法西斯主义的决死斗争。历史将会决定这种斗争的前途——共产主义胜利，法西〔斯〕主义归于消灭！

在这两种主义决斗面前，人们都应当睁开眼睛看清楚点，选定自己的立足点。还是站在共产主义方面，暂时受着统治阶级的迫害，而最后胜利；或是站在法西〔斯〕主义方面，暂时似乎安稳，不久就被工农的铁拳击毁？！必须站在那一方面。走中间路，是很少可能的。照着历史发展的趋势与对于真理的追求，凡是一切有良心，有远识，有勇气，不甘落后于时代的人们，应该坚定的站在共产主义方面来反对法西〔斯〕主义！参加革命来反对反革命！

中国国民党，已成了中国一切灾祸之根源！里面没有别的什么，尽是一伙强盗，一伙卖国贼，一伙屠杀工农群众的刽子手！国民党不灭，中国就要灭！帮助国民党的，就是罪恶；破坏国民党的，就是正义！只有苏维埃才能救中国，这是已经十分明显的真理。红军是打倒帝国主义解放民族的唯一武装，是中国的命根子，这全是事实！用自己所有的力量，从各方面来帮助苏维埃和红军，摧毁国民党的统治，这是我们的责任，也是我们应该见义勇为的行动！

我自落难以来，承你们友谊地帮助，实为感激！故我在临刑前，写这封信给你们，表现我对你们的希望：

一、对于共产主义和苏联的书籍，应多多地而且用力地去研究一番，一切非驴非马的东西，可丢去不看。在理论的政治的认识上，站稳着脚步，才不至于随时为某些现象或谣言而动摇自己的革命信仰！

二、站在党的同情者的地位，在党外利用你们和各方面的关系与自己所有的力量，去不断地作出许多有力的帮助党，苏维埃和红军，以及捶碎、破坏国民党统治的工作和活动！

三、你们生活要尽量朴素化，不要奢侈，不慕虚荣。从自己的节俭与从旁人的筹划中，支出一批款子，来帮助中国革命运动的经费。

四、这并不是说你们从此就该暴露自己的政治面目了，相反的，言语行动，更应慎重，以掩护自己的活动，而达到成功。但是，切不可听到一二个懦夫的劝阻与黑暗的朋友的威吓，自己就软弱下来，放弃应有的努力，特别在那稍纵即逝的紧急关头！

五、希望你们在我死后做到允许我的诺言，切不可因为困难或虚惊而抛弃信约！

我绝不是要引导你们上危险的□□□，而是要引导一对有革命信仰和热诚的人们，从反革命营垒，跳入革命的营垒；从罪恶跳入正义；从黑暗跳入光明！

愿你们亲爱地生活并合作地努力！

云母文[①]

一九三五年五月

老爷太太，是最可羞辱的名字，现在你们虽不能拒绝这个名字，但不可保存这个思想！

---

① 即方志敏。

狱中纪实

一

地主资产阶级联盟的国民党的黑暗统治，愈加动摇崩溃，那它对于它的敌人——中国共产党与在它领导之下的红军和千百万革命的工农群众，就愈加凶恶地进攻和摧残！国民党本其一贯的“宁愿中国成为帝国主义的殖民地，不让中国成为独立自由的苏维埃中国”之政策，不惜出卖中国的全部，求得国际帝国主义的大力援助，企图用武力和各种反革命的方法，来压平中国的苏维埃运动和广大民众的革命斗争。他们认定为中国民族和工农群众的解放事业艰苦战斗的红军为“赤匪”；认定真正脱离帝国主义的羁绊成为反帝国主义革命的根据地的苏区为“匪区”；认定苏区一切男女老少的革命群众为“匪”；认定在东北四省冰天雪地中与日“满”作拼死战斗的义勇军，也是“马贼盗匪”；认定抗日反帝运动是应该“杀无赦”的举动；认定工人罢工，是捣乱后方的“不法”行动；认定想脱死求生对地主剥削稍有反抗的农民都是“土匪”，应予严剿；中国一部分知识分子的左倾思想。也被认定是“反动”思想，应该严加取缔的（有一个法西斯领袖，对我说，东北义勇军是“马贼盗匪”，左倾分子应一律予以暗杀）。在国民党的中国内，抗日有罪（杀无敌！），降日无罪；反抗帝国主义有罪，投降帝国主义无罪；在东北四省拼命战斗的义勇军有罪，轻轻断送了东北四省的张学良反做了副司令和行营主任；爱国有罪，卖国无罪；反抗有罪，驯服无罪；进步思想有罪，复古运动无罪；揭发各种黑幕的有罪，对黑暗统治歌功颂德的无罪；总括一句：革命有罪，反革命无罪！在法西斯蒂国民党看来，中国的犯罪者，不亦多乎？！无怪于法西斯蒂的虾兵蟹将们，在他们“唯一领袖”蒋贼指挥之下，镇日夜忙个不得开交，征剿，轰炸，侦察，逮捕，审讯，监禁，枪毙，斩首，总想将中国所有革命分子杀灭净尽；即是想将中国一切进步的光明的革命的因素和力量，毁灭净尽，使中国沉沦覆灭下去，永不能自拔自救！因此，国民党的监狱中，就充满了这种革命的犯罪者了！加上中国工业倒闭，农村破产，商业凋零，国民经济总的崩溃，失业群，饥饿群，赤贫群之日益加厚，奸，拐，诈，骗，绑，劫，盗，窃，自然一天加多一天！这本是地主资产阶级国民党黑暗统治的当然结果，而国民党却以严刑峻罚，加之于这些为生活所迫，走投无路的不幸的人们之身上！还有，国民党政府因征收“烟捐”，奖励和胁迫人民种烟；因收“特税”举行“鸦片公卖”，保护和奖励人民吸烟，现在对于无钱购买“烟民执照”的烟民，又要处以枪毙和监禁，这真是“只许州官放火，不许百姓点灯”了。以上的一批犯罪者，也成了国民党监狱广大的补充军；而且这种补充军，源源而来，永不断绝，也就支持了所谓司法官吏们典狱官吏们打之不破的饭碗！在中国百业凋零，经济破产的当中，而能“孤岛独荣”向前发展的，大概要算是监狱这一部门了吧！各地监狱，都有人满为患之苦！据国民党“伟人”们报告，全国监狱，计有囚犯七十余万人，实际上是不止这个数目，再少也在一百万人以上，这也可算是值得报告的一个伟大治绩吧！在这一百万四人中，有百分之几十是革命的政治犯，因无统计，当然不得而知，但总不会是一个小的数目。这一百万余囚人，在黑暗，污秽，潮湿，熏臭，冬天冻冷，夏天闷热的拢子里，爬着，动着，挣扎着，生活着！饥渴，寒冷，鞭挞，屈辱，疾病，死亡，永远像影子一般，伴随着他们！他们心中的烦恼，悲痛，愤恨，恐怖，可以说是无穷尽的，只有海洋的深广，才能与之比拟吧。有哪个文学家，能够将囚人们苦痛的心情，曲折地描画出来呢？我想是很难的。监狱是苦痛的堆场，是病菌的酵室，是黑暗的深渊，是"死之家"，是"石造的柩"，它是建筑在被统治阶级的赤血与白骨之上的。

从前，我是知道中国监狱一般的黑暗情形，但没有入过狱，还不能十分亲切地知道。这次，因我领导的错误与军事指挥的无能，致遭失败，被俘入狱，现在已历时四个月了。自入狱后，亲眼看见囚人们憔悴黄瘦的嘴脸，亲耳听到囚人们的悲叹和哀号，亲身受到一切残酷的待遇，迫得我不能不在未被法西斯蒂匪徒们残杀之前，将狱中情形，描写出来，使全国红军和革命的工农群众，知道他们同生共死患难的战友们，正在国民党监狱内，挨日子，受活罪，更加激怒起来，加紧奋斗。迅速摧毁国民党的黑暗统治，为一切被枪杀，被斩首，被活活地折磨而死的战友们复仇！

二

囚禁我和刘畴西同志等的，是驻赣绥靖公署军法处的看守所。在三个月以前，还是所谓"委员长行营"军法处看守所，因主力红军西征，蒋的行营移武汉，行营的军法处长带着他的一伙儿，也移往武汉去了。于是江西"剿赤"事业，就由蒋之亲信——顾祝同刽子手来执行了。新任军法处曹处长委下来了，他又带着他的一伙儿来接受了军法处的各部差事（国民党的官吏，都有自己亲信的一群"老人"，他们奉自己的头儿为"老上司"；"老上司"升了官，这群"老人"

也要；跟着升迁；“老上司”调任他职，这群“老人”也是要跟着去的。例如，顾祝同是曹处长的“老上司”，曹处长又是军法处各部门新任官吏以至看守长看守兵的“老上司”，这样便形成了一个集团，一个伙儿，真像唱戏的班子，生净旦旦全有，作奸舞弊，就很顺手方便了）。在北洋军阀统治江西则，这里原就是军法处，一切危害军阀统治的分子，统抓在这里，以“军法从事”杀掉的。赵醒侬同志就在这里被杀。以后国民党军阀照旧以这里为军法处，八九年来杀了几多共产党员红军战士和工农群众，因我不能去翻阅他们的档案，自然无从知道，但总不是少数吧。由这里批准在各县杀掉的，为数更多。所以这军法处的主要作用，是屠杀，监禁那些要推翻帝国主义国民党在中国的统治的革命分子，以及“不安分”“不驯服””的工农，是残杀他们的阶级敌人的屠场，磨难一切革命者的地狱，与上海工部局的西牢作用相同。当然，这里进关押着一些其他的罪犯，然只占少数，他们终究是同阶级的人，对他们只是警戒警戒而已。他们自己的阶级同情和怜惜，自然是存在的。

三

在这军法处的系统内，共有三种组织：（一）军法处是审判机关，一切“罪犯”，都要经过它的审讯和判决的，并有权核准各县县长兼军法官杀人的呈报。（二）军人监狱，凡判决徒刑的“罪犯”，都送到这里来囚禁。（三）看守所，凡未决之囚，都送看守所管押，等待裁判。我因关在看守所，就把看守所的情形详细说明一下。

这看守所的组织，又分三部；优待号，一等普通号（即二等号），二等普通号（即三等号）。优待号，是拿本优待国民党的官吏和有资产的人。房子很宽敞，每室住一人或两人，拥有玻窗，都用白纸裱糊过，与其说是囚室，不如说是书室。住在优待号里的人，除不能自由走出大门外，其余都如在旅馆住着一样，十分自由方便。他们可以在全看守所的围墙内，散步游戏，打球运动，在各个房子内，可以自由进出谈话，毫无限制；可以自由读书看报，可以用“公用兵”来服侍；可以借“公用兵”之手，与外界通信，和递送物品；可以由公馆里送饭来吃，或由饭馆包饭；可以饮酒吸烟；各人的太太，少爷小姐，都可以到室内玩个半天一天；还有用五元去吊〔调〕一个妓女，冒充太太，进来开开心的。各人房内，都是帆布床钢丝床乌木桌椅摆得整整齐齐的，大箱小箧都能带进来；没事时可以开留声机唱几套散散闷；喜欢赌博的可以公开抹牌，一场输赢一二百元。所长和所内职员们，对他们十分客气；他们对所长们，也是时常送钱送物品，十分有礼貌的。看守兵们对他们更是尊敬有礼，不敢稍出不逊之有的。国民党的社会，什么地方都分成头等二等三等……的制度，在监狱内自然也是用得着而且必须施行的了。

一等普通号（即二等号）是关押一般中等社会人物和国民党军队中的连排班长和士兵们。房子较宽，每房只住八人至十人，都睡高铺。在它的总门内，各拢子里可以自由进出谈话，天晴时，每天的两顿饭，都在球场上吃，可以晒晒太阳，透透新鲜空气的。一星期内接见三次，需要的东西或信件，可以由接见的人带进来（太太不能带进来）。看守兵对待他们，虽不算怎样有礼，但总算比较和气的。看报是不准的，只准看老书，比优待号自然差得多。

二等普通号（即三等号）是最苦最糟的号子，专为囚禁共产党员或共产嫌疑犯，以及不幸被俘的红军战士。他们在国民党先生们的眼中，简直不是人，而是蒋贼每次演说时所痛骂的“衣冠禽兽”！是愚蠢（？）的，是无知无识（？）的，是应该受折磨的。三等号的拢子，并不算大，只够十几个人住，却要关三十余人。人挤人的睡着，你的头睡在我的脚边。我的脚搭在你的头上，就睡在栊板上，拢门整天的锁着，绝不准互相来在。所长和所内职员们，对于三等号的看管，是认为愈严愈好，“对于那班无知识的人（？），也用得丝毫客气吗？”这是他们固定的观念。

四

现在我专来叙述三等号囚人们的生活情形。因为优待号的所谓囚人，生活很好，养尊处优，用不着说；二等号苦虽苦，还多少有点办法可想；三等号的囚人们，才真是苦极无告的。他们像落在热锅里的蚂蚁一样，辗转挣扎，死完了才算。

第一，说到他们的饭食！国民党政府，原规定囚粮每月四元五角，虽不能吃什么好菜，饭总该吃比较好一点的米。但在军法处长直接管辖之下的囚粮委员会，是不会将囚粮之款，全部用之于囚粮，而是要用各种方法，去剥取“囚余”的！“囚余”是处长额外收入的大宗之一，每月可得六七百元，都入于处长的口袋里，成为处长的私财。每人每日的饭钱，名是一角五分，实际只发一角一二分，每个囚人要不明不白地贡献三分或四分，作为“囚余”的，再优待号四十几名的囚粮，是不吃的，他们都吃公馆和饭馆送来的饭，他们的饭钱也都算在“囚余”内。囚粮之钱，除处长扣去“囚余”之外，再经过层层的手。每只手都是会掏钱向自己口袋里塞的，实到囚人的嘴里，至多只有八九分钱罢了。这正像一个难友所说的“流水的道理”——一股水由大河流到小河，由小河流到小圳，再由小圳流到田里，沿途漏去渗去了许多，实到田里，只有不多的水了。因此，囚饭是一种最下等的腐霉的坏米。饭色是黄的，稗子谷壳沙石很多，每碗饭可拣出稗于谷壳二三百个，沙石难得拣出来，吃饭时，绝不能用力去嚼，否则。包管你的牙齿要动摇！一股霉气，冲人欲呕！饭犹如此，更不能谈莱，每天两餐，都是一钵清水白菜汤。十几天都不会改变一次。八个人共一钵，只要筷子进出捞上七八回，也就只剩下一钵面上泛着几朵油花的清水了。菜只够吃一碗饭，一碗〔饭〕后之饭，只能用清水淘下去。开饭的时间也是不对，午饭——上午十二时开，晚饭——下午四时半开，由四时半到第二天的十二时，要经过十九点半钟的空肚，真把他们饿得做鬼叫！有一个邻号的难友，写信向我借钱，信中说：

“同志，请借几百钱给我买烧饼吃呢！我肚子真是饿得难过啊！刚那看守兵们烧饼油条的叫卖声，更惹得我饥火中烧的肚子咕咕地叫，这大概是国民党给予我们的一种饿刑的折磨吧！这种饿刑的苦痛，比死刑更长，更难受……”

我虽也无钱，但仍送了六张小票去（百钱一张），这六张小票，只能买十个烧饼，吃完了这十个烧饼呢？不是又要挨饿了吗？

囚人们的几个饭钱，也要横扣直扣，让别人挨饿，自己却拿着从别人口里挖出来的钱去喝白兰地，去赌博，去嫖娼，去讨小老婆，这真只有讲“礼义廉耻”的国民党要人们所能作〔做〕出来之事。

第二，就谈到他们的饮水问题。似乎水是不贵的东西，应该可以喝个饱！哪知不但要挨饿，而且还要受渴。每天只上两次开水，每次每人可盛一大碗，这一大碗水，并不能全喝尽，洗面漱口，都在这一碗内。所以盛了一碗水之后，先喝几口洗洗口腔；再倒一点到面巾上，抹一抹面；剩下的就喝下肚了。一天只盛两碗水，还要洗面漱口，当然不够，于是看守兵卖水生意就做成功了。每一小洋铁壶开水，要卖铜板十六枚，有钱的可买，无钱的只好眼睁睁地受渴了。

第三，没有换洗衣服，弄得全身脏臭！在他们被捕或被俘之时，身上有几个钱或几件衣服，全被白军们搜去剥去，所以他们入狱，统是一身褂裤；穿上几个月，都不能换下来洗一洗，试问还能不脏不臭吗？所以他们走近跟前来，总有一种怪难闻的臭味，要使人掩鼻。手，脚，面和身体，既无水洗，衣服又不能换洗，尽让他们污秽发臭，比爱惜畜生的人们的待遇猪狗还不如！

第四，新鲜空气也无权呼吸。三十几个人挤在一个狭小的栊子里，各人口里呼出来的碳酸气，身体和衣服蒸发的汗臭，三十几个人一个接一个不断地屙屎屙尿的臭气（屎桶也放在栊子里，每天可屙满两桶），以及这多人时常放的屁臭，都散布在这栊子里，不容易散放出去，这栊子里空气的污秽也就可想而知了。他们就在这污秽的空气里生活着，呼吸着。上自所长下至看守兵，都怕到栊子门口去站一站，都怕触那股臭气。尤其是大胖子的看守长（他大概有二百磅重），他到栊门口去触了一次气，回来马上大吐大呕，病了一天未起床，自后再不敢去看栊子了。

第五，因为无钱，所以发须也不能剃。脑壳和嘴巴，都长得毛毵毵的，活像一伙野人！一直要等优待号有一二个同情者，拿三五元出来。才把他们的发须剃了去。剃头匠剃他们的头，自然是马虎得很，一天要剃七八十人的头，而剃阔人们的头，至多只能剃七八个。

第六，臭虫虱，紧随着他们不离；咬着他们日益憔掉的皮肉。吸着他们日益枯竭的血液。他们除吃饭睡觉闲谈外。就是脱下衣服来捉虫虱，捉到一只，就压死一只。但这些害虫，在此适宜的环境之下，生长率极高，除之不尽，捉之不绝，只该这些囚人们的皮肉血液遭殃罢了。同时，老鼠很多，有一次，老鼠咬去一个囚人的手指头，鲜血涌流！再则，这看守所地势很低，阴沟不泄，一下大雨，就水满一尺，囚人们若要出拢门一步，都要打赤脚过水，水退后所蒸发的秽气，同样令人作呕！

第七，精神上的屈辱苦闷更甚！在这拢子里，不准看书，不准看报，不准高声说话，不准唱革命歌。可恨的故作傲慢的脸孔，可恶的随意呼喝和斥骂，有时，还要遭打，把囚人们的人格，任意糟踏！这种精神上的侮辱，其痛苦并不亚于身体上的摧残！

我们大家就在这样的环境里，挨过一天又一天！

据说，这看守所的设备，还算好的，各县的牢监更是黑暗，这全是事实,因为从各县解来的人,十个有九个是黄皮瘦脸,全失了人相的。

卖国巨头蒋介石，曾通电优待红军俘虏，这全是骗人的鬼话！红军对于被俘的白军士兵，基于阶级的友爱，故慰劳欢迎，唯恐不至！杀鸡杀猪，盛宴款待，开欢迎会，演革命新剧给他们看，同他们谈话演讲，引导他们到各处参观。愿留者留，不愿留者给资送走。这才算真正的优待！国民党对于它阶级的死敌——红军，只是磨难，屈辱与杀灭！所谓优待，就是放在牢监里。收容所（与牢监全无二样）或感化院（比牢监更压迫的利害）来饿，来冻，来渴，来让虫咬，来病来死罢了！我们的阶级敌人，对于要推翻他们的罪恶统治的战士们，是丝毫不会讲什么“同胞”或人类的情感的，只要他们想得出来的毒办法，全会施行！

五

中国监狱的胥吏们对于囚人们的掠夺敲诈，恐怕是全世界少有的吧！他们认为囚人们的生命，捏在自己的掌心里，敲他一点钱，算是什么！这看守所也不能例外，有种种敲诈囚人金钱的办法：

第一，在处长所长默认之下，在看守长合伙之下，看守兵们公开设卡。凡替囚人买东西，一定要到卡纳税，十成抽二，有时还要多抽一点！纳税之后，再由采买兵（轮流派的）又要十成抽几，真正落到囚人手里，至多六七成，少则对折。有的心狠的采买兵，一元只买三角钱东西给囚人。但优待号的先生们买东西，可不纳税，也轻易不敢私扣，因为他们知道物价，又能同所长去说（不是报告），可以惩罚采买兵。

第二，利用囚人们难忍的饥饿，看守兵们就在外面贩烧饼，油条，面包进来卖。烧饼整批的贩，四枚一只，在牢内卖六枚一只；油条原价每根三枚，牢内每根卖四枚；面包每只三枚半，牢内每只卖六枚。优待号的先生们，简直不会吃这些东西。

第三，利用囚人们不可耐的口渴，看守兵们就乘机卖开水，每小洋铁壶的水（有时并不是开了的水）卖十六枚，在上海只卖三枚或四枚。这里却卖十六枚，差价如此之大。所内职员和看守兵们用的喝的水，就都可算在这卖水的盈余内，不必另花钱了。

第四，暗地买卖，赚头更大。有烟瘾的人，买一支香烟一角大洋，一根火柴十个铜板！还有国民党区域内的鸦片烟鬼，瘾发起来，一钱烟土，三块大洋！酒鬼—— 一杯高粱酒二三角大洋不等，真是骇人听闻！我前面说过，优待号内，则可以自由抽烟喝酒，白金龙，大炮台，白兰地，威士忌大批地买进来，谁都不来过问。

因为抽税，私扣，私卖等等横财之收入，看守兵们每月除五元五角的正饷外，还可以弄到“外花钱”六七元至十余元不等。强盗世界，白昼打枪，然而这却称为执行军法的地方！

六

在这样的牢笼里，你就是一只铁汉，也要病倒！疾病是比饥渴虫虱更可怕的灾祸。在《水浒传》上写的，每个新犯都要打下几十“杀威棒”，现在，这里虽不打“杀威棒”；但疾病却比“杀威棒”厉害百倍！“杀威棒”只打得你皮破血流，疾病却使你肉消血竭！二等号的囚人，病者占百分之五十以上，三等号的囚人，病者占百分之九十几以上，不病的只有几个人而已！优待号却没有一个病的，就是有，也只是伤风咳嗽罢了。我与刘畴西、王如痴、曹仰山四个人住在一个拢子里，还得到他们的所谓特别优待，我小病了两次，刘、王、曹轮流地病了两个半月；王、曹患着厉害的伤寒症，是从死里活转来。曹病倒一个月未吃饭，聋天哑地，对面都认不到人；王也有二十余天未吃饭。病后都瘦得活像一对骷髅！有许多红军战士，入狱时，都肥胖胖的，雄生生的，不要几天就病倒了，不要几天就倒床不能起来了，再不要几天就死掉了！幸而不死，一样变成骷髅般的东西，颠颠倒倒，不能移步。在三等号中，这骷髅般的人，举目皆是，浮来漂去，苦极无告！尤其是那些病者垂死之时，呼父号母，呼兄号弟，辗转哀叫，惨不忍闻！尿屎都屙在身上和拢板上，自己就在尿屎中，爬着，滚着，抓着，摸着。没有医生医治，也没有一点水喝，就让他衷叫一二天，断气才算。中央区有几个区苏主席，都是这样磨死的，如不是亲眼看到，真不相信人世间尚有如此悲惨事！病死人，简直不算一回事，一天死三个四个，也不算什么，死一二个，那就算是好日脚了！“报告所长，某号今天死了三个，某号死了两个。”看守兵向所长报告，所长总是这样冷淡地回答。“死了就算，叫公安局派人抬去埋了就是了。”看守兵看到沉重的病者，也总是说：“这个家伙，又不是今明天的货！”死了的囚人，有时一两天没有人抬去埋葬，硬僵僵的躺在那里，成群的蝇子在尸上吸吮乱飞。处里规定埋葬一个死人，用费十二元，但公安局的卫生警察，只用六元买棺木，二元请人埋，自己却嫌下四元。国民党的社会，到处都有人赚钱，真是不错。据在军医院做过事的看守兵说，国民党的兵士，死了一个，十三元的葬埋费，也只用八元了事，余下的钱，就是看护长和看护兵们的“外花钱”了。医院里死人越多，“外花钱”越多，所以看护们都愿自己看护的伤病兵多死些，自己就可发财了。因为死了一个，不但在葬理费内得到一笔“外花钱”，而且死兵身上剩的钱和衣服，也都归于看护们的“外花钱”项下。有一个看守兵很得意地对我说，他在抚州一个军医院当看护兵，院内每天要死伤病兵上百个，半年之间，他赚了一千余元（有一个死的官长，身上就摸到钞票五百元）。我问他那多钱存在哪里，他说，还不是嫖嫖赌赌地花完了。现在看守所内囚人们之死，“外花钱”虽不多，却也惹起看守们的眼红，他们曾向所长提议，要自己来办理这件事，以免肥水落到外人田，但所长因向例如此，不便变更，把这提议打消了。

因为病的（全是危险的传染病）死的人太多了，似乎他们也看不下去了。于是请医生来看，医生每天来一次，鼻口上戴起一块放了药的罩布，如防毒面罩一般。病人扶墙摸壁地走到医生面前站着，医生从口罩里哼出下列的问话来：“什么病？”“头痛？”“肚子不好过？不想吃？”“发烧不？”“有点作寒？”“大便通不通？”不耐烦地问完了这些话，就在药单上画洋字，无非是“阿士匹灵”“昆林丸”“泻盐”几样药罢了。一点钟内可开好四十几个单子，好不好那只看你的命运了。到底，医生还是做了一点好事，有一次，所长问医生，为什么天天诊断吃药，病和死的不见减少呢？医生说：“哪能怪我？腐霉的饭，熏臭的拢子，传染病不隔离，重病没有人照料，就是将医院搬进来，也没有办法！”所长问要怎么办才好，医生建议：“要买好一点的米，不让他们吃腐霉饭；早上放出来透一透新鲜空气；平常也不要镇天锁门，让他们在一线天的弄堂里走走；栊子里洒洒臭药水；十分病重的送去医院。”所长采纳了医生的建议（这算是所长的大功大德），果然病和死亡都减少了，现在百人中大概只有三十人是病的。也有两三天不死一人的。可见国民党的官僚们，漠视监狱卫生，草菅人命，罪大恶极！囚人一想起同伴们病死的惨况来，都觉得倒不如一枪一刀，死个痛快！

贵溪县标溪姚家（过去是苏区根据地，被敌人筑碉占领）的一个农民告诉我，他共有三个人，因反动派报告他们为共产党员（他们不是党员，是革命的农民，当任过地雷队），同时被白军逮捕，解到抚州牢监里，就病死了两个，现只有他硕果仅存，我看他那种黄皮瘦脸的样子，这仅存的一只硕果，恐也存不了多久了。他们三人，全都有妻室儿女，他们之死，要累得那伙孤儿寡妇多受罪啊！

这些囚人们，不判死刑，也要判三年五年或十年以上的徒刑，能够挨过这么长的牢监生活而不死者，那只有钢做的汉子才能做到。

七

凡是罪犯（？）进来，照例都要审问一次。审问是形式的，而作判决的根据，则是各地豪绅地主反动派罗织罪状的报告。

军法处判决罪案，当然是根据严格的阶级原则的。据军法处的一个职员告诉我，从前判罪都很重：分田委员或土地委员杀无赦！乡苏主席以上的杀！村代表或杀或判几年以上的徒刑！红军中排长以上的杀！政治工作人员杀无赦！战士们，无人控告的送感化院，有人控告打过土豪的也要杀。这样一来，被杀的就太多了。后来，因过于残杀，更会激起工农们的阶级仇恨，乃采取所谓“宽大政策”，判死刑的是较少了，都改判长期的徒刑。在这长期的囚禁中，不怕你不会病死，同是一死，却博得了“宽大为怀”的美名，计诚两得。还有不判决的，解回原地处理，在原地豪绅地主反动派报复之下，十个是有九个要处死的。

各县县长都兼了军法官，他们都是道地的豪绅或刀笔吏，他们判决革命工农的死刑，呈辞上说得生龙活现，不由你不核准。军法处共有六个军法官，每人核准各县报告处死刑的，平均每天四人，一个月就要杀七百二十人，一年就要杀八千六百余人（这只就江西一省而言）。在牢监折磨死的在外不算，实则折磨死的比枪毙斩决的，要多好几倍，国民党的杀人成绩，也可说是洋洋乎大观了。不，他们还不满足，还组织暗杀队，在各地暗杀他们认定的敌人，许多革命的知识分子，名字都上了他们的黑簿。

至于他们本阶级的人，不算犯罪，而是错误，警戒就算了，用不着惩罚。而且可以说人情，送贿赂，门门是道，有路可通。国民党要人们，口口声声不准讲阶级，更不准讲阶级斗争，实际上它正在用各种残酷的方法，去镇压杀戮它的阶级敌人——尤其是无产阶级的先锋队，百意周全地保护它的阶级统治和阶级利益。所谓反对阶级斗争的真意义，就是说只允许他们对我们的阶级压迫和残杀，不允许我们对他们的阶级反抗和战斗。

八

军法处的主要官吏，计有正副处长，法官，军人监狱的典狱官和看守所长。现分别言之。

前行营军法处陈处长，为一深瘾的鸦片烟鬼，是一个老奸巨猾的老官僚，极贪钱。优待号有钱的先生们，很少没有向他进贿的。贿款千元以上至二三万元不等。得了贿款，大事可化为小事，小事可化为无事。在他任内，据说得款十余万元，难道还怕无钱抽鸦片吗？副处长钱某为他有力的一个抓钱副手，钱某对于“下人们”的凶恶，自己生活的豪侈，狂嫖烂赌，无所不为的行动，闻之令人发指！这两只家伙，手里却捏住军法大权，杀人劫货，作恶多端！现在绥靖公署军法处，调来了曹某任处长，他也是一只老官僚（清拔贡出身），表面上满口的仁义道德，肚子里也是男盗女娼的，与陈某比较起来，算是“稍胜一筹”。但也是杀人不眨眼的刽子手！

法官们尽是一些坏蛋，刽子手！他们捧着蒋贼御颁的几份杀人条例，每天总有八小时拿着笔在判死刑和徒刑！除了这些“办公”之外，就是到处去敲竹杠，寻“外花钱”！

经过军法处判处徒刑的，都送军人监狱关押。军人监狱的详情，不得而知，但据一般人说，管理更严，不自由更甚，囚人们也常有反抗的举动。疾病同样盛行，每天都有二三个或三四个病死的囚尸从里面拖出来。

典狱官和看守所长，官位虽小，威权却大，在囚人中，他是个小皇帝。利用他们的地位，是可以敲钱发财。不久以前，有一个姓汤的所长，苏州人，他回去娶老婆，声说无钱，优待台的先生们，就合拢送了他二千元的婚礼！先生们既如一此厚礼，哪怪所长不加倍客气呢？普通号的穷鬼们，一个大子儿都不送，又哪怪所长常来发狗威呢？至于问他们有什么才能，则他们的才能，就只适宜于做官，其他都是不成的。

军法处的官吏们，实际上不过是蒋贼指挥下的一伙盗匪贪官而已！

九

再来谈谈这狱内的看守兵和卫兵。看守兵大部分都是不愿上前线，而愿在后方“混事”的伙计。他们只有一个目的，就是赚钱！上下都赚钱，有钱就有了一切，哪能怪他们不把眼睛钻在钱堆里！他们与看守所的关系，完全是雇佣关系，你若问“为什么来当看守兵？”他回答：“为一个月十多块钱！”这十九个看守兵，虽然干着帮助刽子手的勾当，但都是穷苦工农出身，本质不坏，若有较好的教育，他们大部分是可以转变过来的。

卫兵一连，为江西保安团派来的。生活极苦，除伙食外（每日两餐，比囚人们的伙食，好不了几多）可得两元。又承团长的好心（？），替他们保存一元，只得一元；加上分得的伙食尾子，每月可得二元二三角。每天八点钟的站岗，一个月二百四十点钟，每点钟的代价只得铜元三枚，可谓廉矣！这两块多钱，鞋袜零用，剃头抽烟，一应在内，叫他们怎样过下去呢？怪不得他们愤恨不平，口吐怨言！若有正当的领导，倒戈哗变，是很快的。

假若这连卫兵倒过来，这个屠场，岂不要翻了过来！

十

这里的冤狱，当然很多。押在看守所一年几年不判，最后宣布无罪开释的，是常见之事！随便举几个例吧：

有一个人，系一条红裤带，被认为有赤化嫌疑，捉来看守所，关了一年，以致病死！

有一个鄱阳人，他的父亲，因一点小事被捕入狱，他看过父亲年老了，自己入狱，替父出去；父出狱未久就死了，他关在看守所有了两年，还没有一点消息。

有一个万年人，出身地主，积极反共，因挂错了一张路票，关在看守所，也有了两年，这次才押回原县找保开释，大概知道他是一个地主了。

此外，还有许多，举不胜举。

一捉进这里面来，不管冤狱不冤狱，既无上诉机关，更谈不上什么赔偿，上则凭所谓“唯一首领”的喜怒，下则凭处长法官们的喜怒，以定生死！法律条规，全是杀人武器，专制黑暗，更甚于清朝皇帝！

十一

我已照实将军法处看守所的实际情形写了一点。据说。这看守所虽不算天字第一号的监狱，也在二等监狱之列，比这更坏十倍百倍的，各地都是。百万囚人就都一天天地死亡在这地狱之中。我们应该怎样呢？我们不能希望敌人的良心发现，不能希望敌人的仁慈、怜悯和改良，我们自己是有力量的，我们要用拼命战斗的精神，拿起枪炮去消灭卖国国民党的黑暗统治，以便连同消灭他〔它〕的黑暗监狱！

起来！饥寒交迫的奴隶！
起来，全世界上的罪人！
满腔的热血已经沸腾，
作一最后的战争！
…………
…………

一九三五年六月九日晚十二时完稿

给党中央的信

中央：

我们在被俘入狱之初，以为很快被杀，但过了一个多月未杀；随后江西反动派开“剿匪”阵亡将士大会，我们又以为必以我们为祭品，什么都准备好了，只待拖去杀，但仍未杀。一直挨到现在，还未有消息，敌人不急杀我们的原因有三：（一）进行政治的欺骗，表示他们的“宽大为怀”！（二）用威迫利诱的方法劝我们投降，以便更大的破坏革命。（三）一面留住我们在狱不杀，同时就可以在外造谣，说我们已投降他们，来动摇正在艰苦奋斗的红军和群众的斗争决心。敌人是在用各种方法，破坏我们。

自杀非我们应取的手段，我们就利用这个时机进行越狱的准备！我们这次失败，不但使我们十分伤痛，而且感着无穷的羞辱，我想，若能越狱，必用尽力量，进行工作，在最短期内，恢复损失了的军队并创造大块苏区，以赎罪雪耻！我们认为越狱，是有极大可能，若得外援，可望成功。但四个月来，都找不到一人来，而中央也不能知道我们的情形，这是我们最感苦闷的事情。我在狱并未一刻放弃宣传工作，以致看守所的官吏们严格禁止看守兵、卫兵等到我房来，怕接近我而受到我的煽动。我在此宣传了十个人来参加革命，将来可望发生作用。未能广大发展的原因，就是他们将我与许多人隔绝，不能接近。

在此“以必死的决心，图谋意外的获救”的当中，我写了几篇文稿[①]：

一、我参加革命斗争的略述（请中央看过，有哪些地方错误的，即予修改）。

二、我们临死前的话（等于一篇绝命书）。

三、给闽浙赣同志们的一封信。

四、给我妻缪敏同志一封信。

五、狱中纪实。

六、死（也是纪实，以小说形式写的）。

七、可爱的中国和新生活运动的训话，是两篇不成功的小说（在狱中无他书可看，只看小说，引起了写小说的兴趣，故写了这两篇。可爱的中国，则为敷衍敌人们写的，因那时正谋越狱，写这一篇小说，以延缓死刑的执行）。

这些文稿，都寄存胡罟人[②]君处保藏着，他答应在他出狱后，送交中央。

胡罟人君原是国民党的一个官僚，因他倾向革命，故在狱中给了我一些帮助。我曾与他谈了不少的话，并写了许多信给他，他表示很坚决而且诚恳。他愿意站在党的同情者的立场，接受党的指导，帮助党〔做〕所需要他做的工作。他共有房地产值十万元，愿拿出大部分来帮助革命。我告诉他来沪开印刷所，办杂志，鼓吹革命。请中央派

① 信中所列的8篇文稿中，《给我妻缪敏同志的一封信》和《新生活运动的训话》至今未发现。

② 即胡逸民（1890—1987）浙江永康人，早年参加同盟会，是国民党元老之一。他曾4次被蒋介石投入牢狱。他第三次入狱与方志敏同被关押于南昌军法处看守所优待号成为囚友。1935年秋胡逸民出狱，将方志敏《可爱的中国》等狱中文稿随身带出，后来辗转送至中共地下党组织。

一个同志去领导他。只要领导得好，他是可以替党做不少的工作。他与他的妻的思想，还需中央给以训练！他交游甚广，干谍报、兵运，救济被难同志等工作都可以做。

现我们所囚押的狱中，共押同志和红军战士五百余人，他们都苦极无告！请中央通知互济会，设法救济他们。同时，请中央派得力同志来组织和领导这些同志进行狱中暴动，是有十分可能的。

连南昌这样的城市，都没有党的组织吗？我看城市工作，并非是十分困难，现在人心惶惶，处处都要求着党的领导，就是在狱中，我还是能做许多工作，假若我不是囚人，建立各方面的工作，我认为并不困难。

在我隔号，就住着一个顽固的凶恶的法西斯蒂！他是蒋的航空署长，因南昌飞机场被焚，被捕入狱。他成了我的监视者。他说，不但要消灭红军，而且要用暗杀手段，暗杀一班左倾的知识分子。他承认杨杏佛等都是他们暗杀的。请中央转告左联的人们注意！

谨　致

布尔什维克的敬礼！

方志敏

一九三五年六月十一日上午

胡海同志亦押在此，他不久也是要枪毙的。这里枪毙人不大宣布。

赣东北苏维埃创立的历史①

序　言

房屋是谁造的？是工人造的。布是谁织的？是工人织的。衣服是谁缝的？是工人缝的。轮船火车，汽车飞机以及许多许多其他物品，是谁造的？□□□树木花草，是谁种的？是农民种的；鸡猪鹅鸭，骡马牛羊，是谁养的？是农民养的。因此，就可知道凡人类衣食住行乐的各项东西，都是在工人的铁锤和农民的锄头跟镰刀之下创造出来的。目前花花绿绿，美丽可爱的世界，绝不是那虚无缥缈的上帝创造的（那是基督教徒骗人的胡说），而是我们拿着铁锤，拿着镰刀，结实健壮的工人农民，用自己的血汗劳动创造的。倘若没有我们工农劳动者千万年来的拚死努力，这个世界还会成个什么样儿，还不是荆刺丛生，遍地荒芜的一个荒球！然而，我们工农用血汗劳动创造出来的世界，却不为我们所有，反被那些不劳动专坐食的寄生阶级霸占去了！我们造起了高楼大厦，自己却与猪狗一起住在污秽的矮屋里；我们织就了绸缎呢绒，自己却衣不蔽体，受寒受冷；我们做出了美味粮

① 《赣东北苏维埃创立的历史》未写完，这里收录的是“序言”和“第二章”，手稿多有残缺。

食，自己却抱住肚子受饿；我们造出了汽车，却给太太小姐们兜风；我们造出了飞机，却只给老爷们东飞西飞的交通便利；尤其是我们造出了枪，自己却给人枪毙；我们造出了炸弹，自己却给人炸个血肉横飞。我们创造了财富，财富被他们掠夺去了，自己却成了一无所有的穷光蛋；我们创造了幸福，幸福被他们享受去了，自己反成了被幸福遗忘了的人们。总之，我们创造了一切，一切反没有我们的份儿。落到我们身上的，只有饥饿和冻冷，愁苦和屈辱，疾病和死亡，这就算是对于我们创造者的报酬。创造者变成了奴隶，寄生虫反做了主人，别的都可忍耐，此事我们是万不能忍耐下去的。讲人数，我们是绝对的多数，他们还不当我们百分之几；讲力量，工农的拳头，伸出来碗般大，劲头足，不说是打就是吓也可以吓死他们。为什么我们多数人反被他们少数人欺压，剥削践踏呢？为什么我们被踏在他们脚下，不能翻身转来呢？讲起来，原因很多，主要的共有下列几点：

一、他们寄生阶级，就是地主资产阶级，手里拿着一件最有力的武器，这就是政权！他们为要压榨我们，统治我们，就组织起他们的政府，军队，警察和法庭，并立下许〔多〕保护他们利益的□□□，他们就用这些武器，来施行镇压。例如：我们工人为生活所迫，起来罢工，要□□□，他们的政府就用军队、警察的力量，镇压罢工，法庭可以把我们的罢工领袖，抓去判罪。我们农民，如交不起租，还不起债，衙门就会用拘票捉得去，关起来押缴。假若我们暴动起来，他们的政府，更会调用一切力量来屠杀、围剿。他们虽然是少数，但他们手里掌握了政权，就有力量来统治我们多数人。中国的地主资本家，人数比工农群众少得多，弱得多，因为他们有国民党政府，有白军警察法庭等等，所以，暂时还能维持他们寄生享福的□□□。

二、他们在用强力压迫之外，还要利用各种方法来进行“愚民教育”。为要巩固他们的统治，他们不要我们聪明觉醒，却要我们愚蠢酣睡，不要我们认识真理，却用死力蒙蔽真理。他们的报馆，书馆，学校，戏院，教堂，寺庙，讲演所，说书场，都是进行“愚民教育”的地方。他们一致地叫我们相信上帝，相信鬼神，相信风水，八字，命运（一切都是命定，不能强求），相信来生有福忍受现世痛苦，相信那“礼义廉耻”的奴隶道德，相信私有财产神圣不可侵犯。用这些有毒的精神鸦片，来麻醉我们工农的头脑，使我们永世做个驯服安分的好百姓，不知道而且不敢起来反抗。

三、团结就是力量，他们是最怕我们团结的。他们用权力禁止我们集会结社，用各种毒恶方法，来阻挠和破坏我们的团结，使我们永远像一盘散沙似的散漫，以便各个打击和欺压我们，不能一致反抗。

这三大原因之中，最主要的还是因为他们政权在握。他们握住了政权，就可以用强力镇压我们；就可以自由地进行对我们的精神愚弄；就可以任意妨害和破坏我们的团结，以致形成目前少数人统治多数人，寄生虫享福，劳动者吃苦的不合理的现象。

这种不合理的现象，除无产阶级的祖国——苏联以外，现在世界各国，都是如此，中国更甚。中国的劳动阶级和农民，不但吃尽人世间的苦，而且苦到不能生存了。

然而，这种现象，是不会永久下去的。中国无产阶级的先进分子，在马克思列宁主义革命的理论和策略指导之下，早就结成了自己的战斗团体。不怕阶级敌人的屠杀和压迫，将中国共产党组织起来。这一群无产阶级的先锋队，明白了自己的地位和任务，所以，深入在中国的工农群众中间□□□揭破地主资产阶级的种种欺骗和愚弄，说明阶级和阶级斗争的真理，说明我们穷苦的来由，以〔及〕解救的方法，说明团结和斗争的重要，尤其是说明用武装暴动的手段夺取政权的重要。在这样宣传鼓动之下，工人阶级首先团结起来了。一团结起来之后，就表现它伟大的斗争的力量，由“二七”流血斗争，到五卅运动，到省港罢工，到出师北伐，到上海暴动，一直到广州暴动，到处都表现工人阶级是真正的彻底革命的阶级。由于共产党的领导，中国广大的贫苦农民群众，也团结起来，斗争起来。□□□就单独领导中国革命，继续前进，领导工人阶级的斗争，领导农民的暴动，游击战争，以进到大规模的国内战争。从广州暴动起，中国革命已进入苏维埃革命的阶段，各省农民群众蜂起暴动，开展游击战争，推翻国民党政权，建立起自己的苏维埃政权。由散在各省的地方政权，进而汇集起来，建立全国的中央政权——在一九三一年十月革命纪念节，开第一次全国工农兵代表大会，通过宪法大纲，成立苏维埃中央政府，以指导全国的苏维埃运动。苏维埃中央政府成立以后，苏维埃运动的狂潮，更在各省汹涌着。赣东北苏维埃政府，是这狂潮中的一个大浪。

从此，从前没有政权，受地主资本家任意欺压和剥削的工农，这以后因建立了自己的政权，翻转了身，把那班寄生虫打倒了！谁说我们没有力量，我们的力量，正是不可侮的。谁说我们应该永远做奴隶，我们一团结起来，就由奴隶变做了主人。我们能创造世界，我们也能把失掉了的世界夺回来。

开头，苏维埃三个字，有许多人不懂得，现在，苏区内的儿童团，都懂得苏维埃政府，是工农劳苦群众自己的政府（但在国民党区域中，这次还听到有好些人问我："苏维埃到底是个什么样的人"）。它与国民党政府根本不同。国民党政府是地主资本家军阀的政府，是不断地出卖中国投降帝国主义的傀儡政府，是造成中国民族危亡和经济浩劫的祸根。苏维埃则是工人农民民主独裁的政府，是抗日反帝的组织者与领导者，是要将中国从最后的崩溃毁灭中挽救出来。它的目的，是要造成和苏联同样富强和快乐的社会主义的国家，以进到世界革命。只有苏维埃在全中国的胜利，中国民族和工农群众才能得到最后的解放，这已经是十分明白之事了。

国民党政府为要保护它的黑暗统治，为要替帝国主义瓜分中国，开辟道路，扫除障碍，就用了各种残酷和卑劣的方法，来进攻苏维埃和红军。不惜出卖中国全部，求得帝国主义的大力援助（大批的借款，大批的飞机枪炮的供给，大批的军事政治顾问的聘请，这都是公开的□□□进攻）。企图将这新兴的唯一拯救中国的革命政府，消灭了去，使整个中国，都变成"满洲国"，卖国巨魁蒋介石，也就可以继溥仪之后而登基了。然而，苏维埃政府，是强有力的政府，它有英勇善战的红军，它有千百万受它指导的工农群众，它对于进攻的敌人，是要坚决抵抗的。它不像国民党政府，一个月失去东三省，十天失去热河，这次更加无耻了，只是几个日本浪人如土肥原之流，开口一吓，就轻轻地将华北的两大都会——平津让出，河北，绥远，察哈尔，宁夏等省，即黄河以北的大块领土一下子全部抛弃。苏维埃政府不会那样无耻。□□□抗战。在历年的战争中，把国民党进攻的军队，打得落花流水，屡次〔惨〕败。倘若不是帝国主义的不断援助，我们早已将国民党打倒了！这两个政权的对立与抗争，就构成中国全部政治活动的核心。

我是中国苏维埃运动中的一分子，在开展和巩固赣东北苏区的战斗中，在进行苏维埃的建设中，我都是用尽我所有的力量去做的。在过去，我们曾获得了不少的胜利和成绩，击败和消灭了许多顽强残暴的敌人。这次因为我们政治领导的错误和军事指挥的无能（客观的困难是有的，但都可以设法克服的），致红十军遭受怀玉山的失败，我亦因之被俘，囚禁于法西斯蒂的军法处，历时已五个来月了。何时枪毙——明天或后天，上午或下午，全不知道，也不必去管。在没有枪毙以前，我应将赣东北苏维埃的建设，写一整篇出来。我在这炎暑天气下，汗流如雨，手执着笔，一面构思在写，一面却要防备敌人进房来。我下了决心，要在一个月内，写好这篇文字，是由于下列的动机：

一、国民党政府，利用它的报纸言论机关，极力诋毁苏区，咒骂红军为“赤匪”，苏区为“匪区”，用最武断的造谣，描写苏区如何破坏，如何荒凉，如何穷困，人民生活如何痛苦，并捏造出许多全非事实的“赤匪的罪恶”，想以一手遮尽天下眼目，打断国内民众对苏区的同情。同时，对于进步的革命刊物，则绝对禁止，不准发行。然而造谣终抵不过事实，有时，在他们的报纸上又不自觉地将苏区的种种好处说了出来。如我们主力红军西征后，白军乘虚进占瑞金，就在报上发表：“瑞金，会昌，兴国等县，禾稻极好，未受旱灾，应派军队和挨户团去割。”这一则消息，说明苏维埃注意水利的修整，只有苏区，才不受旱灾；同时，又说明国民党看苏区禾稻极好，就强盗般地去抢割。他们又发表一消息：“瑞金，会昌，宁都，兴国，石城，广昌等县，烟毒早已禁绝。”□□□这些县份为□□□北苏区，烟毒绝迹。这又说明只有苏维埃才有决心和力量，禁绝烟毒，这些都〔是〕用他们的手，打他们自己的嘴巴。现在，我却要将赣东北苏维埃区域的建设情形，据实写出。不但不像他们所宣传的那样破坏，荒凉，穷困，痛苦，而且证明自苏维埃政府成立后，从百端困难中，如何去实行军事的政治的经济的建设，如何去改善工群众的生活，如何去建立新的社会秩序。只有苏区，才是最民主最有秩序工农群众最快乐的国家。用事实去打破敌人造谣的狗嘴，用事实□□□〔把〕自己的国家建设得十分之好。

二、苏维埃一宣布成立，就遭受敌人的猛烈进攻。敌人通常是□□〔以数〕十倍兵器技术都占优势的兵力，向我苏区进攻。然而他们所得的，只是不断地溃败，苏区日渐扩大。五次战争以后，主力红军，离开原有根据地，原有苏区，虽暂被他们占领，但群众斗争与游击战争的配合，终会将进攻的军队，逐渐地消灭了去，以恢复苏区；同时新的苏区，却在创造的过程中。就是我们红十军这次受到部分的失败，也只是我们领导错误的结果，而绝不是红军之不能战斗。假若数量武器各项红军对白军的比例调转来，或红军与白军相等，或只少一二倍，那白军还能存在一天吗？这就证明凡能为群众谋利益，得到群众拥护的革命军队，虽然物质条件较差，仍能胜利；反之，残害群众，与群众作敌的反革命军队，就是有较优的物质条件，也必失败。同时，又证明国民党所谓中国无力抗日，日本进攻中国，中国只有束手听受它的宰割蹂躏，这完全是汉奸卖国贼们掩饰自己卖国投降的罪恶的谰言和诡辩。

三、赣东北苏区，处在经济落后的乡村里，又受着国民党严厉的经济封锁，得不到一点外间的经济援助；为抵抗敌人的进攻，天天都在残酷的战争环境之中，不断地受着敌人残忍的破坏。然而，我们发扬无产阶级的积极性创造性，在工业农业对外贸易各方面，都有前所未有的发展；商业因大商人逃走与经济封锁，遭到破坏，但以苏维埃商业之创立，亦足够群众的商业需要。这与国民党区域中的经济总崩溃，毫无一点办法的状况，比较起来，真可以使他们汗颜！实际上中国的经济浩劫，正是国民党统治的结果，并不是什么不可避免的命运。在苏维埃统治下，不但不会有什么经济浩劫，而且可以使国民经济，大大地繁荣起来。远如苏联的社会主义大建设，近如我们各苏区的经济建设，就是事实的证明。

四、在长期的战争中，许多新的强有力的工农干部，培养了出来。他们在各自被规定〔的〕任务下，发扬他们的智慧和□□，尽了他□□□，□□□功绩，使我至死都不能忘却。我应将他们可敬的活动和努力，□□下来，以作我对于他们的纪念，并鼓励他们前进。

五、赣东北苏维埃的建设在党中央和苏维埃中央政府指导之下，是获得许多成绩。毛泽东主席在第二次全国苏维埃大会上报告，曾称赣东北为苏维埃模范省。我们从困难中甚至从许多错误中做出来的工作成绩，虽不能自满，却应写出来告诉全国各苏维埃区域的工作同志，以供他们的参考。我们做错了的，他们不再做；做对了的，他们可效法做；遇着□□□遇着的困难，看看我们是用什么方法解决的。

基于上述动机，我决意要写成这篇文字，这算是我临死前的一滴努力。

因为是叙述事实，我只要忠实地写下来就得了，绝用不着一点铺扬和夸耀，我写的态度是十分诚实的。

这里要附带说明：为要延缓敌人对我们死刑之执行，以达到越狱的目的（因为一时找不到人送信出来，得不到外援，恐越狱是要成为幻想）；与取得在狱中写作之不受干涉，我曾向敌人说了个谎。我说，要写一篇我从事革命斗争的经过与赣东北苏区的详情，敌人乐得甚么似的，赶快令看守所供给桌椅笔墨和稿本。他们满望从此得到一点“剿匪”（？）材料，以便更凶恶地来摧残苏区。实在，我却利用这个机会，写成了好些文稿保藏着，以揭露国民党的阴谋。这篇文稿写成时，能够越狱更好，不能则必自杀，这篇文稿，是决不让敌人看到的。敌人是限定我八月三十一日交稿的，到了那天，我会留个字条告诉他们，我写的稿子，已经撕成碎片，丢到马桶里去了。我希望这篇稿子，能借友人之力，送到党的中央。

一九三五年六月十九日下午

第二章　赣东北苏维埃创立的历史

第一节　弋阳九区是暴动的发源地

中国自被帝国主义侵入后，就像一个人的身体被肺痨菌侵入一样，一天一天地精枯血衰，瘦弱下来。到现在痨病已进入了三期，血肉俱竭，只剩下一把瘦骨，日益迫近死期了。国民党所宣传的什么公路建设，都市建设，不过是肺痨病者脸颊上所泛起的血潮而已，表面上好像好看，实在是更快要死亡了。帝国主义侵略中国，必须找到本地的帮手，就像强盗要抢劫人家，贼儿要偷取人家的东西，必须找到坐地的线眼一样。帮忙帝国主义侵略中国最好的帮手，那就是中国的封建军阀、官僚、豪绅地主买办阶级，他们替帝国主义强盗们作经理，把货物运销到中国各地，又从中国各地收买各种原料供给帝国主义，这□□□□□义的嘴□吸取一点漏出来残唾。他们是帝国主义的爪牙□□□保镖人，同时，也是帝国主义布满全国的吸血管。中国工农劳苦群众的血液就被无数的吸管吸收了去，转输于帝国主义便便的腹中。因此，帝国主义要资助保护中国的封建势力以作侵略工具。最后，中国民族资产阶级也与封建势力一起，投入于帝国主义的怀中结成三位一体，共同来榨取中国工农群众了。

在帝国主义无孔不入的侵略下，在军阀官僚贪婪地搜刮下，在豪绅地主资本家无厌地剥削下，就造成中国农村大破产，无数千万农村中的工农群众，穷得一场精光！一般手工业者的工资极为低下。贫农雇农都是没有或缺乏田地，向地主、富农租田租地来种，结果，只是白费气力，亏本赔钱，他们因穷而借债，借债使他们更穷，他们还要缴纳“刮”民党的七捐八税。加上连年不断的水、旱灾荒，更加不能生活，于是树皮、草根、观音土，都成了救饥的粮食。饿死冻死病死的，一来就是几百万人！就是各国前期的农奴，也比中国农民的生活要较好些，要有保障些，中国工农的生命真像树叶子一样轻，死一个人就像一皮树叶子从树上落下地来，再也引不起谁的注意。有一位先生自恃聪明，作了一篇特创的《反俭朴论》，文中曾说："一个乡下人的俭朴，西洋人不但没有看见过，也决梦想不到。孙子身上的棉袄，是祖父娶祖母时缝的。祖母陪嫁的被窝，仍旧铺在孙媳妇的床上，里面的棉絮，就像一块烧焦了的木板。还有老鼠咬坏了的木床，更不知是哪一代传下来的，二百年前盖的木架房子，东撑西补……"（这位先生说这是农民的故意俭朴，阻碍物质的进步，应予以反对。但我却很奇怪这位先生竟会这样愚蠢，不知道"乡下人"的如此"俭朴"完全是他们赤贫化的结果！）除了这位先生所写的而外，"乡下人"还有许多"俭朴"：一块小猪油，可以涂几十回的锅（在锅内涂一个圈就铲上来，即放菜下去），整年不见肉面；不买盐而吃淡菜；热天不穿衣服，宁愿让太阳晒脱一身的皮；晚上不点灯，宁愿黑摸；生病不吃药，宁愿病死；荒年就吃树皮、草根、观音土。租和债逼紧时，就出卖儿子老婆，或吊颈投水而死。这样"俭朴"，这样轻生，大概那位先生更加要皱眉吧？！是的，中国工农群众，早也起来反对过分"俭朴"和轻生了。他们在共产党指导之下，逐渐觉悟起来，他们要求过较好的生活，要求不饿不冻，要求不吃树皮、草根、观音土；要求不出卖儿子老婆；要求不吊颈投水，总之，他们要求生存，要求不轻易死掉。要达到这个要求，就要革命，要革掉豪绅地主高利贷者的命，把他们占有的土地没收过来，实行平均分配，把高利贷者的债务取消，不再受重利的剥削，不再交捐税给"刮"民党。因此，就要实行武装暴动，就要建立起自己的苏维埃政权，和自己的工农红军，以保护从武装暴动夺过来的利益。

弋阳九区的工农群众，在革命前受到的压迫和剥削的生活的痛苦，正如上述，心里所怀的愤恨和不满，急待发泄！在第一次大革命时代，北伐军到江西后，就起来组织农民协会，纷纷捕捉平素为他们所切齿痛恨的土豪劣绅，多数罚款，少数并处死了。国民党背叛革命后，九区首先遭到反革命军队的进攻。在这一次进攻，工农群众集合了三千余人，用土枪土炮，配合一连哗变来的军队作战。因无健全的领导，以致被敌攻入，烧去了三十余村的房屋。加上一个农民领袖——方远杰同志，又因试放土炮，装硝过多，炮管炸裂，受伤而死，运动曾有一时的沉寂；但革命的怒火，仍在各人心里燃烧着。以后，我由吉安潜回九区，又恢复工作，重起运动，接着又遭大劣绅张大纲引兵进攻，又烧去了几村房屋，后张大纲所勾来，之兵退走，群众立集三四千人反攻，将张劣绅及其爪牙驱走。经过几个月的组织宣传工作，有五十余村的农民革命团成立了，虽未成立苏维埃，但他们实际地统治了乡村。在暴动中他们获得了自己所需要的，解决了急要解决的问题。从此就遭受了白军长期的进攻和蹂躏，七十一村的房屋，被烧去了六十八村，有的全烧，有的烧去十分之八九，有的烧过四五次的，只剩三村未烧。被群众驱走的豪绅地主，一旦挟兵回来，群众又躲避不见面反来抗战〔争〕，乃施用烧杀淫抢手段，以作报复。在共产党顽强不屈的领导之下，敌人愈残暴，斗争愈激烈，到底群众的力量，是不可战胜的，白军虽用四十倍的兵力，进据九区各村，搜山捉人，不间一天，然而终无效果。白军士兵又有部分哗变，卒至败逃。有领导有组织，顽强斗争的群众，好像一座焰红红的大〔火〕炉，任何反革命的东西投进去，终被融毁！就是目前敌人筑碉进占九区，我可以预断，这些碉堡，在群众不断地打击之下，仍将归于消灭无踪。

第二节　一九二七年横峰的年关暴动

在二十五天极短期的准备下，接着弋阳九区暴动之后，横峰来了一个六七万人的年关大暴动！横峰工农群众在革命前生活的穷苦无告，不弱于别地，一听到共产党的煽动，立即秘密组织武装的农民革命团。一声号令，六七万有组织的武装群众，一致起来捕捉豪绅地主，抢借字，抢田契，杀猪起伙食，整顿队伍准备与敌军对阵，同时出发各未革命区域打土豪，十分威风。在工农群众未团结之前，豪绅地主吸血虫们，个个都像老虎，谁也不敢在他们老虎头上捡饭生；在群众团结起来之后，他们就闻风生怕，不敢照前横行，等到群众暴动起来，他们就由老虎变成了小鼠，捉到的叩头乞怜，未捉到的不顾命地逃窜一空！谁说我们无力？谁说他们的统治牢不可破？谁说少数人应该永久统治多数人？只要我们觉醒起来，团结起来无畏惧地（〔丝〕毫用不着畏惧）斗争起来，我们一动手就可以把他们从高高的宝座上拉滚下来。从前我们的头，踏在他们脚下；现在我们的脚，也要踏在他们头上！从前求他们让一角一分的利钱不肯，现在却驯服地捧出借字来作废；从前求他们让一升一合的租谷不肯，现在把他们占有的土地夺过来，烧契分田！从前他们管事，现在我们自己管理自己的事。世界是我们创造的，虽被他们霸占住，这要看我们知不知道敢不敢伸手去夺。如果我们都知道而且都敢一齐伸出手来去夺，谁还有力量拦阻着不交还我们！横峰的年关暴动，使群众十分清楚地认识：谁是我们的阶级敌人，应用什么方法去打倒它？打倒它之后立刻就会获到何种利益。

横峰的群众暴动，因无主力红军作斗争骨干（当时只有二十余杆枪，未成军队），只经过三个多月就被敌人暂时镇压下去，但不久又起来斗争，终成为赣东北苏维埃可靠的根据地。

第三节　一九二八年——极端艰苦斗争之年

敌人知道苏维埃是危害他们统治最可怕的敌人，故在一九二八年三月份，就开始对我们残酷地进攻！当时，我们只有一个小游击队，枪三十余支（添买了十余支枪），战斗力极弱，敌人却有一个足团（枪一千二百余支，近四十倍的兵力），来进占我们横直只有七八十里的根据地。所有的重要一点的村坊，都被扎了敌人。这一年的环境，是十分险恶艰苦的。在这年内，我们没有走过大路，只走山僻小路；没有住过房屋，只住在山巅岩下的小茅篷。一面是我们的坚持领导，一面是敌人定期的军阀混战，每进攻二三个月，就开走了，给了我们一点喘息的时间，以便我们整顿队伍，作第二次的迎战。敌人一面惧怕我们的发展，一面又藐视我们，认为不值一击。每次进攻，敌人总是怀着狂妄的心思，以为一下就可以消灭我们。但每次都遭到我们有力地抵抗和打击，粉碎他们的阴谋企图。在这年年终，有一连和一排白军哗变过来，这不仅使他们从革命区内溃逃出去，并增长了我们的军事力量不小。同时，德兴有三十余村的群众暴动，增加了几十里区域。

在这年的三月，虽开了群众大会，成立苏维埃，但实无一点工作，斗争的领导，全由党直接当任。

第四节　一九二九年——开始新的发展之年

在一九二九年的上年，敌人仍猛烈进攻。群众因经过一九二八年长期的斗争，斗争经验加多了。红军又因添加一连一排白军的武器和战斗员，战斗力有极大地增强。同时，弋阳、贵溪的秘密工作，有大的发展，敌人经半年筹备而来的砍柴运动，遭我们击破后，共产党和苏维埃的威信，大大地提高，国民党县政府，在群众眼目中看来，不但可厌，而且无用。在秋收时节，首先，贵溪发动七万余人的秋收暴动。接着弋阳八万人的暴动也起来了。在两三个月间突然扩大了三倍以上的苏维埃领土。到了年终，又爆发了万年、余江的年关暴动。横峰苏区，向外发展不小，上饶也有百余村的群众起来斗争了。德兴苏区也扩大了一倍以上。各地的秘密工作，也在发展着。

我们的红军，继续打了好些胜仗。尤以贵溪周坊之战，消灭了敌军一个整连，第一次夺获了敌人一架重机关枪。大家都很快乐，军委会主席邵式平同志，看到送机关枪来，乐得在地上打滚。在周坊胜利之前，曾攻下横峰城，把横峰县衙门的官吏吓得连爬带滚地逃走。红军由三连发展到六连。各县还成立了小的游击队。

我们开始筹备召集第一次信江工农兵代表大会，准备成立信江特区苏维埃政府。

第五节　一九三〇年——大发展之年

一九三〇年一月初，我们召集第一次全信江工农兵代表大会，到代表三百余人，庄严热烈，可称空前。此会选举了苏维埃委员，正式成立信江特区苏维埃政府。从此，我们对国民党的革命战争，建立起政权的领导了。

因蒋阎冯在津浦线上大混战，抽调了一部分对我们的兵力。剩下来的军队，数近一师，然区域太宽，不敷分配，形成各方面的空虚。我们的红军独立团，又严加整顿训练，迭次胜利，士气极高，战斗力较前大为增强！自“五五”乐平秧坂〔畈〕战争胜利后，兵力所指，无不奏捷。先后攻克上饶、河口、弋阳、余江、乐平、德兴、景德镇、鄱阳、秋浦、彭泽等城市。七月中即成立红十军。苏区的发展，横直达五六百里，人口约一百万。可惜当时执行立三路线的领导，又因斗争经验不足，以致对于分配土地，开展群众的阶级斗争，锻炼加强群众的阶级斗争意识，与工人群众武装斗争的准备等工作都做得十分不够。新苏区的巩固程度是薄弱的。自蒋介石深感全国苏维埃和红军的威胁，迅速结束自己内部的军阀战争，用全力来对付新兴的革命势力后，我们又受到十倍以上的敌军的进攻。烧杀淫抢，备极凶残，新苏区亦失去许多，老苏区因群众基础坚强，虽受尽白军蹂躏，仍能支持。此年环境极顺利，若能得正确有力的领导，红军的胜利与新苏区的发展巩固，必有更可观的成绩。

在八月一日，我们曾开了一次工农兵代表大会，成立江西东北特区革命委员会，这是依照立三路线的指示做的。

第六节　一九三一年——发展了闽北苏区

在这一年内，中央红军，接连击破敌一二三□□大举进攻□□□□□□消灭了一部分，其余的驱逐□□□利是大大落后于中央区了。主要的原因，还是军事领导不强和右倾，缺乏战争计划，故未能给敌以致命的打击。一个领导国内战争的党，如果它的军事知识、组织和领导战争的艺术，战略战术的了解和运用，有欠缺不够者，它的胜利自然是要落后的。

在五月初，我红十军渡信河而南，第一次出征闽北。这一次战绩极佳，消灭了许多敌人，将闽北苏区从危急中巩固起来，并奠定了它以后向前发展的基础。闽北红军，亦因红十军的独立营留下作它的骨干，很多成为可畏的红军。

三一八开赣东北省第一次代表大会，成立赣东北省苏维埃□□□——十月革命纪念节，又□□□大会同时举行第二次代表大会，成立许多重要决议。检阅过去工作的错误，指出今后工作的方针，并□□□了领导机关。

第七节　一九三二年与一九三三年

这两年间，因为党的领导，犯了右倾保守主义的错误，故苏区没有多大发展，且缩小了一部分；红军的胜利，也极不够，应记载之事，计有下列各项：

（1）开展了肃清地主残余，反对富农的斗争，依照阶级路线举行土地的重新分配，检举党及群众机关中异已阶级的分子。

（2）开展了肃反斗争，将隐藏在红军和苏区的反革命组织破获了，保证红军和苏区进一步的巩固。这次肃反，当然免不了有错误的地方，如肃反中心论，肃反工作扩大化和简单化，造成群众间一时的恐惧现象，后来也就纠正了。

（3）接着肃反胜利之后，红十军第二次出征闽北，大大地巩固与扩大了闽北苏区。

（4）红十军在一九三二年十二月间南渡，与中央红军集中行动，牵制了敌之三个师，有力地配合中央红军，取得宜黄的绝大胜利，将敌人四次围剿，最后的予以粉碎。

（5）红十军南渡后，我们就开始创造新红十军的努力，经过半年来的战斗，坚强的新红十军建立了。

（6）余贵的南岸与金资各县，开始了游击战争，后转成了暴动。因对群众的组织教育工作，都没有切实认真去做，工作人员过分估计了斗争形势，致一个小区域的暴动，遭敌镇压而失败。

（7）苏区工会工作的改善，建立起真正的群众的阶级工会，提高了工人阶级在革命战争中的领导地位□□□□□。

（8）苏维埃各部工作的建立□□□□□□□□□□□□□□□□□□□

争的同时并进，苏维埃在群□□□□提高了。

第八节　一九三四年——五次战争之年

一九三四年，为五次战争残酷决战之年，以战争动员的广泛和深入的程度而言，以战争的持久和激烈而言，以双方兵员伤亡数之众多而言（敌之伤亡，较我多十倍以上，多数为五百队群众的地雷队用地雷打死打□□）都比较从前战争为大。我们苏区根据地，虽被敌筑碉前进，造成许多封锁线，遭受白军野兽般的践踏和摧残，但他们所付的代价是不小的。我们□□□□□□□□□□□□□！这一年战争，全苏区的□□□红军和工农群众，都无口于受了一次军事大学的教育，许多新的战争经验，是学会了。

因为执行中央一九三三年七月反保守主义的指示信，皖赣、皖南、浙西的游击战争胜利地开展起来了，并创造了新苏区。这使那一带豪绅地主资本家们，不能安心地收租逼债，榨取工农的血汗。就是浙皖两省的法西斯蒂的“当局”，在陪着他们的姨太太睡觉时，也要三夕三惊，深感不安呢！

目前，赣东北苏区，虽被敌筑了五六千个碉堡占据着，但这些碉堡都不能一日无兵，只要早晨离开了守兵，中午或晚上，那个碉堡就会被群众挖倒下来！现在还限制了敌人四个师，不能抽动。我相信久经战斗的赣东北党，它是会领导红军和那“战斗只剩我一个人，还是要战斗的”群众，将敌人全部消灭，将碉堡全部拆毁，而恢复原有的苏区，做到这些，并不在很远的将来。

1935 年 6 月 19 日

记胡海、娄梦侠、谢名仁三同志的死

六月五日，为中国旧历“端阳节”。承一位难友的好意，送给我四样菜，作为“过节”。我商得看守所长的同意（仍为那位难友从旁关说之力居多），拿这四样菜与刘、王、曹同志等同吃，主要的是要借此与他们当面畅谈一次。自从敌人强迫地将我移入这阔人们居住的优待号后，我就失掉了与他们经常面谈的机会，感着十分寂寞。因我与优待号的先生们，除一二人外，其余都是格格不相入的。

菜摆好之后，刘畴西同志忽说：

“叫娄梦侠同志来，他说过今晚要同我们吃饭的。”

“娄梦侠同志是谁？”我问他。我简直没有听过这个名字。

“中央派去中央苏区做保卫局工作的，他被捕来这里已经三个多月了。”刘说。

“好好，请他来。胡海同志也请他来。”我说，我早就知道胡海同志来此一月余了。

“胡海同志吃过饭了，不必请他。”王如痴同志说。

得〔过〕一会儿，娄同志过来了，他是一个强壮的青年，面上带着笑容。我问了他几句话，我们就一块吃饭了。几个党的斗争干部，落在敌人牢狱中，吃“端阳”饭，我心里发生了一种深沉的伤感。

四样菜中，有一个未切开的“清炖鸡”，大家都用筷子去撕。娄同志先撕下一只腿，送到刘的饭碗里。刘说：“你吃你吃。”娄说：

“你吃，你只有一只手。”接着他又撕下一只腿，送到曹的饭碗里，曹说：“你吃你吃。”他说：“你吃，你也只有一只手。”（曹负伤的左手，至今未愈）。我撕下一块翅膀连头颈一起，即送到他的饭碗里，他说：“你吃，我自己来。”马上用筷子夹起要递还我，我用筷子按下去，并说：“同志，你吃了吧！”我知道，敌人对于我们做保卫局工作的同志，是杀无赦的。经我手送给他的一块鸡，怕算是最后的一次了。

饭后，我在栊门口站着，胡海同志刚就站在栊门外。他是矮小的人，满面的麻子。他自入狱后，即患肠炎症，卧在栊门外竹床上有二十余天。他因这一场重病，黄瘦得不像人相。这次，他未被病折磨而死，大概因他是农民出身，体质素强吧。他穿的衣看去十分污秽。乃是无法换洗（无衣无水）。我隔着栊塞子与他谈了十几句话。他表示愿意坚决就死。

随后，我与刘、王、曹同志放谈一切（派来监视我们谈话的看守班长，已交成了朋友），直到十点钟“收栊”的时候，我才与他们分别回来。

第三天，敌人就将娄梦侠同志提出去枪毙了！提出的时间很早，在早晨五点钟左右，我还在睡着（我每晚都要到十二时以后才睡）。过后，看守兵告诉我，才知道的。

接着娄同志死难的第二天，我才起床，就看到有八个卫兵，手持着枪，都上了刺刀，知道法西斯蒂又要杀人了。我以为是枪毙我们四个，赶快将一些零碎文稿检好，塞入壁上脱开的裱纸里（我曾与一个人约定，我若突然被提出枪毙，他就会来此处拿取的），准备他们来提。后听到叫胡海同志的名字，知道是他临难的日子了！随即看见押着两人出去，一个是胡海同志，一个不认识，脸上也是黄瘦不成人形，并长了一嘴巴的短胡子（无钱剃头）。他们都很从容地走出去。一刻钟之后，他们就被敌人的枪弹，断绝了生命！

看守兵马上跑来告诉我：“今天枪毙的，又是你们那边的两个：一个是胡海，一个是谢名仁！”

这三位同志的生平事迹，我很不清楚（除胡海同志是苏维埃中央政府的土地部长，我早知道外，后经查问，才知道娄梦侠同志是江西省保卫局长，谢名仁同志是中区兴国县委书记）。但他们临难不屈，悲壮就死，不愧为无产阶级的先锋队。

我们对这三同志的牺牲，除沉痛地哀悼外，并应认识下列两点：

（一）法西斯蒂国民党，早已疯狂地屠杀了我们成千成万的同志，与我们是势不并存！有敌无我，有我无敌，我们若不努力奋斗，迅速消灭它的统治，中国将被它卖完，同志和工农群众，将被它更大批地残忍地屠杀！

（二）这三同志的被捕，和我们一样，是有其错误原因的，如群众工作不够，没有与群众打成一片，取得群众有力的掩护；警戒敌人的疏忽，受着敌人的掩袭；肃清藏在身侧的敌人奸细和反动派，做得不彻底，使他们得以消息报告敌军，等等。这些都足以为我们血的教训！

错误是遭受损失的主要根源！错误的结果，必要流我们的血！只有坚决执行党的正确路线，不懈怠的努力工作，才能取得不断的胜利。全国同志们！一致努力吧！消灭万恶国民党统治，为成千成万的被杀同志复仇！

六月二十三日上午写

遗　信

为防备敌人突然提我出去枪毙，故我将你的介绍信写好了。是写给我党的中央，内容是说明我在狱中所做的事，所写的文稿，与你的关系，你的过去和现在同情革命帮助革命的事实，由你答应交稿与中央，请中央派人来与你接洽等情。写了三张信纸，在右角上点一点作记号。另一信给孙夫人，在右角上下都点了一点，一信给鲁迅先生，在右角点了两点。请记着记号。

请你记住你对我的诺言，无论如何，你要将我的文稿送去。万不能听人打破嘴[①]而毁约！我知你是有决断的人，但你的周围的人，太不好了，尽是一些黑暗朋友！只要你向光明路上前进一步，他们就百方要把你拖转去两步！他们不要你做人，而要你当狗！就是你的夫人，现在也表示缺乏勇气，当然她还算是她们之群中一个难得的佼佼者。大丈夫做事，应有最大的决心，见义勇为，见危不惧，要引导人走上光明之路，不要被人拖入黑暗之潭！

晚间蚊虫咬人很厉害，你家有没有多余的旧帐子？有，即给我一床；没有，我想托人去旧衣店买一床价贱的纱帐。

---

① 打破嘴，方言。意思为挑唆、劝阻。

即致

敬礼

高[1]的二十元，想不到办法给他吗？

① 高，指高家骏，即高易鹏。他曾任职国民党委员长行营驻赣绥靖公署军法处文书，一度担任方志敏囚禁监狱的看守。高通过其女友程全昭于1935年7月初将方志敏狱中部分文稿传送上海，后几经辗转至中共地下党组织。

小 说

私　塾

“你们这班顽皮贼，等会，一个个来收拾！”一个私塾教书先生，怒气勃勃地望着他的学生们说。

登时，那些学生叽叽咕咕的谈话声，呵呵哈哈的嘻笑声，一齐肃静，个个都伏在桌上装瞌睡；微微地抬起头来，斜着眼睛，瞧瞧先生。

原来这个私塾，有十来个学生，年纪很不齐，大的有十六七岁，小的只七八岁，都是农人的子弟；里面横一张，直一张，摆了十几张抽屉桌；中堂壁上，挂着一张“至圣孔夫子神位”的牌儿；地上抛了许多花生壳、蔗渣、字纸屑……，足足有半寸多深的垃圾。

这位先生：大约有五十多岁，本来是作豆腐生意的；也曾读过四年书，认识些字，平日子曰诗云，胡谈乱说，所以人替他起了一个绰号，叫作“假斯文”。现因这私塾有三十块花边的学俸，三餐两点的服侍，就弃了豆腐生意来教书。他穿着一件尺多宽的袖口的长褂，一双红花满面的镶边鞋，戴起那副老古式的眼镜，鼻上就像竖了一座“奉旨旌表”的节孝坊一般；他蓄了三绺胡须，一个短小辫儿，托在他的背上。

这日他睡了午觉，醒转来，看见学生笑闹，就发起怒来，骂了他们一顿，随后拿了一根水烟筒，点着纸媒，缓缓地抽了二十几筒烟。

“拿字来改”，他说。

那些学生，就慌慌张张拿着他们练习的“上大人”、“甲子乙丑”、“云淡风清近午天”……那些字，对着孔子位牌，都深深作了一个揖，无声无息地将字摆在他的桌上。起首改的，是十一岁的小孩，名叫黄海的字。

“这也成字吗？”他拿着一枝朱笔，一面改，一面骂：“你看这样东倒西歪，缺手短脚，糊糊涂涂一大团，简直和道士画的符一样！哪像用笔写的，是用棍子画的！”他伸出两个指头，把他的眼睛皮，着力箝了一下，说：“睁开你的狗眼去看看！”

“教你把字练好，你风吹耳边过，总是不听，非搓手不可，拿手来！”他凶狠狠地说。

黄海抖抖振振，把手搁在桌上。他用笔管，在他手背上，从头至尾，搓了一下。他“哎哟”叫了一声，赶快收转手来，放在口边，用力去吹，眼泪像泉水似的涌出来。

“上午从哪里读起？”他拿着一张纸条说。

“子…子曰：‘父母惟……惟其疾之忧’……”他哭着说。

他在纸条上，写了七个字给他认；他只认识三个，又被他用板子打了四下手掌。

他改完了字，再向孔子位上作个揖，跑到自己椅子上坐下，把口涎涂在他发烧血红的掌上，一面吹着，一面呵呵响尽望着哭。接着那些学生改字，也依样画葫芦，箝眼睛皮，搓手背，打手掌，都痛得杀猪一般叫。

“读书！”他说。

他们就“人之初”、“赵钱孙李”、“子曰学而”、“孟子见梁惠王”……拼死命底叫起来；但是没停很久，他们读书的声音，渐渐低下来，都“嗡嗡”像蚊虫叫一样。

“拍拍拍”，他拿板子在桌上拍了几下说：“还不拿书来背，为什么?”他们听到这种声音，比鼠子听见猫叫，还要怕些，即刻一个个都拿书去背。

他显出想吃人的样儿，拿着板子在手里，听他们背书，背错了一句，或停顿一下，那板子就铁面无情，雨点似的打下去。他们的哭声，周围人家，都能够听到。最后一个学生——方正玫背《孟子》到“五亩之宅，树之以桑”以下忘记了，“唔……唔……”了好久，惹了他的性起，就用一种最厉害的刑具——鸡蛋般大的黄荆树脑，打他的头，把他打眩了半个多时辰。三三五五，一群孩子跑出来，这个私塾已经放学了。黄海轻轻地对他的同学说:“我们不晓得犯了什么事，才到这个监牢来受折磨，哪里有我们放牛的那样快乐?”他们都点点头，像很赞成他的话。斯时黄金色太阳的光，照着他们，他们黄瘦而且忧愁的脸上。那两条很长的泪痕，越发显明出来。

一九二一年十一月十二日于九江南伟烈学校

《新江西》第1卷第号，1922年3月

谋　事

在这样火一般热的太阳光下，谁也不愿光着头皮在街道上行走，可是他——一个苦学生，竟怀着他从校长跟前请求来的一张介绍名片，草帽也不戴（也许是没有草帽罢），午饭后，匆匆地出外去了。

他去找一位牧师。

他走到大马路上，遇着电车，就跳上去坐下。电车上卖票的斜睨了一眼，立刻就用一种傲慢的命令的声音喊他："买票！"

"到吴淞路多少钱？"

"四个铜子。"

"四个铜子吗？"

"快点！谁有闲工夫和你谈话？"他听到这话，心里好不难受，想和他辩论，又怕受辱。到了车站，忍气吞声地跳下车来。

他问了一家基督教会的报馆，又问了两所医院，才问到他所要找的那位牧师的房子。只是他用极谦恭的态度去问那报馆的号房、医院的看护妇，他们打量他全身一下，就都用那电车上卖票的一般的态度去回答他，这件事使他深深地疑惑起来。

牧师是住在一所美以美会办的医院的花园里，他那间两层的精美的房屋，早给那些红的绿的花草儿包围住了；矮矮的深绿的冬青树，在那条直达房门的马路两旁，一排一排地站着；尤其是门口栽的两株白栀子花，放出馥郁的清香，扑人鼻孔。

他按了一下铃，仆人出来应门，他说明了要会牧师，仆人才引他到一间完全欧美化的客房里去。仆人叫他坐下候着，自己通知主人去了。他向周围一望，华丽的装饰，雅洁的布置，真是基督教化的家庭呵！

好久，那四十余岁西装的牧师才走出来。他看他，很惊愕地问他："呵！你是谁？"

"我是李某。"他站起来说。

"找我干什么？"

"我是从A校来，钱校长给我介绍到此。"他忙从袋里拿出那张介绍片来，极郑重地递给牧师。牧师一面接着，一面说："那么，请坐罢！"

牧师看后，坐在一把安乐椅上，说："呵！原来你想谋事，那可很难！"

"我并没有什么奢望，只能找个尽够生活的工作就满意了；我还想一面读书……"

牧师接连摇摇头："很难很难！此地找事，全靠路子，没有路子，光有本领也不成。但是你为什么不在A校读书？A校是我们教会顶好的学校。"

"唔，好是好，……"他勉强说出个"好"字来，其实他对于A校是深恶而痛恨的了；他在A校一年，学问没得什么，肚皮里却装满了那饭桶教员和一无所知的牧师们的闲气。"可惜我家供给不来。"

"那里仅需九十块钱一年吧？"

"何止，至少也需一百二十块钱，我农田人家，哪里得此巨款啊。先生以前不是在某印书馆办事吗？"

"是的。只因那里月薪一百八十元，不够用度，所以才来当牧师。这里虽然月薪只百五十元，但房子不要租钱，每月倒可省下数十元来。"

“印书馆能找点工作吗？”

“不能。”

他痴了一会，牧师也去弹指甲玩；同时坐在里间一张洋台子上写英文的打扮得和美国女学生一样的小姐，也偷望他一眼。但她急急地转回头去，好像他是不值得她的青盼似的。于是他更奇怪起来，把全身自己审查一番，究竟有什么地方使人讨厌。最后，他才发觉了，——他穿了一件粗糙不堪的夏布长褂，和一双乡式的布鞋呵！他微微地笑了一笑，牧师突然地说：“你在这里有亲戚没有，带了多少钱来？”

“没有亲戚，只有几个朋友，钱早给做盘缠用掉了。”

“那么，你很危险，将来怕无饭吃呀！”

他这时真是如坐针毡了，垂头不言，牧师早现出不耐烦的样子来。他于是起身告辞：

“我走了，倘若有机会，还请先生栽培！”

“那自然的，顺水人情，谁不愿做，何况你是我朋友的学生？”

他走出门数步，屋里哈哈地笑起来。他心里比刀刺还要痛些！他想：“贫人不但无读书的机会，连工作也不能找得，倒被人羞辱一份〔场〕。”

一九二二年七月十六日于上海

上海《民国日报》副刊《觉悟》，1922 年 7 月 18 日

狗儿的死

一

我在家庭唯一的习惯，就是每晴天的清晨，要跑到我心爱的小树林子去做一些柔软体操和深呼吸运动。这个小丛林在我村的西边，与我家只有二百几十步的距离，是许多苍松、劲柏、崇樟、苦株等等树凑合而成的，林中有善鸣的画眉唱歌，美丽的小鸟和活泼的貂鼠跳舞。虽时在冬月，有些树落了叶，而微风一吹，在林中平地上生长的月月兰，却把她们的幽香送出来。围绕这丛林的三面，有一条透明的澄清的小河潺潺地流着。河上横跨着一座洁白的石砌的碾桥，去漆工镇小市买猪肉或豆腐的乡下人，必须经过此桥通过这小丛林。桥之一端，有一间小小的土地庙，那是我们全村人供奉的社稷菩萨。我每次运动后，必定坐在桥上的石坡上歇一会。望望头上的青天，听听林木的微响，俯首吐口涎到河里去哄许多小鱼来争食，这样常常使我得到一种不可名状的愉快。

二

这一天，天气晴和。当鸟儿吵醒我起来的时候，东方已经猪血一般的红了。我漱口洗脸后，就飞跑地到我的目的地去。但刚刚走出村外，就望见我那六十多岁须发苍白的聋子伯伯——并非真聋，是个善述故事者—— 一只小粪箕，用猪屎刮扛在肩上背着，点头点脑地迎面走过来。我等到他走近了，就站在路旁问候他："好早呀！就刮到猪屎回来了，聋子伯伯。""也不算太早了。你想到丛林散步吗？"他看见我站住了，稀奇似地对我说。

"是的。"

"我劝你今早还是不去罢。"

"为什么呢？"

"因为狗儿正死在碾桥头社稷公公庙内。你这样胆小怕鬼的人，看见了不要吓着吗？"

"哪个狗儿？"我急切而惊讶地问。

"还有别个？就不是那个著名的鸦片鬼！"他鄙夷地说。我听到他的话，立即眼睛向着天痴呆起来了。一个悲哀印象，明白清楚地显现在我目中了。

暑假一天，天气酷热，在我那狭小的书斋里，我握着一个皮黄肌瘦的衣服褴褛的苦人——狗儿——的手，流泪劝诫他："可怜的兄弟！你何事不如人，倘若你能够戒除这口烟！"

"咳！我从来未经过这样热情的劝告，以后……死……也不吃烟了……"他激动到放声哭泣了。我也陪着他哭……

"回家去吧！不要呆站着受了寒。"聋子伯伯见我着了魔一般，命令地对我说，才把我的思潮打断。

"不，我想和你一块儿去瞧瞧他好不好？"

"也好。"他答应我的请求。

于是他前我后，随行随谈地向着丛林走去了。

"暑假我劝他戒烟，他已经答应了，以后他还吃了没有？"

“劝烟鬼不吃烟，不如劝狗不吃白米饭。他那样深的烟瘾，恐怕到了阴间还会瞒着阎王偷吃呢！”

“咳！”

奇怪！往日一步一步地走进丛林的时候，呼吸了一些丛林中吹来的新鲜空气，心里就自然而然地感觉到清爽愉快；今日什么事，却触目都成惨景了；脑海也给悲伤的情绪占住了。当一个横躺在地上，颧骨高突，两额深洼，一口黑牙暴齿露出来，头发像被猎追的刺猬似的，一根一根直向上竖的尸骸的光线，激刺我的视神经，我同情的热泪，不知不觉就一滴一滴地流出来。我微声嗟叹说：“呵，这是多么可怜呵！”

“侄儿，不必可怜他，他简直可谓自作自受。”聋子伯伯露出厌恶轻视的态度，仿佛他真的不值得怜悯。

我好久不作声，末了才说一句：“那是怎么说呢？”

“你在家日子少，对于他的行为当然不大熟悉。他的罪恶，要是一件一件记起来，怕要写满一本簿子罢！你若爱听，我可以稍微讲些给你听。”

“好呀，我们坐下来讲罢。”

我铺了手巾垫坐。他把猪屎刮及粪箕放在一株树旁，靠近我坐在一块石头上。

三

“谈起来话正长呢！”他开始说，“他是放加一老利底恶债，涂毒贫民，绰号财神菩萨邹戏臣的儿子，谅谁也会知道。在莲西村有一块三十多亩宽的平地，不就是他家的屋基吗？当时邹老头儿造屋，端的容易！人人都羡慕地说：‘邹老爷做房子，好像撑伞一般；撑一下，就是一栋。’至于他家的花边呢？究竟也不知道多少。有一次邹老头喝醉了酒说：‘花边值什么？一百个壮少，能够担起我的十分之一的财产出大门，我就佩服他们本事高。田地：东一畈，西一畈，谁能数的清楚？一匹骏马跑一天，也不出我的田地之外。’你想，这是如何富豪啊！”

“这个伽蓝菩萨出世时，”聋子伯伯拍着死尸继续说，“邹老头儿三十二岁，可怜乐得什么似的！乳母无数地喂养他；狐皮紧紧地裹着他，怕他害了寒，衣服从未见过天面，因为衣服在太阳里晒着，五魃会用线吊了灵魂去；他的脚好像与地无缘，很少接近的机会；吃的东西，名儿都不会听过；他自幼便如此娇养惯了！”

“他七岁就在一个盛名鼎鼎的张老先生——张举人——跟前读书了。他很聪明，每天能读三百字，还能对‘对儿’；不过奉承服侍的人太多，少爷少爷之声不绝于耳。于是他觉得比较别人要尊贵些，别人比较他要卑贱些，心里渐渐地骄傲起来，动不动就打挞人，佣人们挨了这皇太子般的少主人的打，谁敢哼出半点声响，还要扛着肩头呃呃地笑道：‘少爷，不会打痛了手吧？’”

“有了母亲的溺爱，他有一天无一天的上学去了。太阳不晒到肚皮，他断不从温软的床上爬起来。邹老头儿有时也会骂他不勤快，他的母亲总会辩护说：‘一个孩子怪可怜！即不读书，难道少了他穿的吃的吗？’”

“乡村演戏，他总在女人伙里，抛梭似地跑来跑去，拗腿接吻，无所不至，这都是想得他欢心人，引诱他所做的；但从未有人干涉过，责备他无理。他于是越发放纵起来了。”

“住在他家隔壁，有一个青年寡妇，名吴家姩，长得苗条清秀，雪白的脸儿，明媚的眼睛，使后生人看见，都会饥馋似的赞叹说‘呵，好美丽的一个女郎。’他父亲是个秀才，受了诗书的教训，自然品行还端正。他却借了人人见了都喜欢的银子的魔力，竟把她勾搭上了。”数月以后，她怀了孕，邹老头才知道，几乎急得要发疯。就从那年替他完了婚。

“这是他幼时的事迹，你也许听过一些吧？”他暂时停止谈讲而问我，

“不错，不过不大清楚。”我说。

“革命军把宣统皇帝赶走了，”他继续谈，“改国号为中华民国，省城也起了个什么陆军学堂，听说在这学校毕业，有武进士的出身，提督抚台的希望。邹老头儿为了富贵双全，就派了十几个佣人护送他去读书，但刚过半年邹老头夫妇一对都吐血死了。人们很奇怪这种事，一个大财主怎么也有死去的一日？他们为什么吐血而死？难道他们隐藏在屋子里还会损伤什么？后来穿洋鬼子衣服、骨瘦如柴的他，洋里洋气地回来发丧，大家才明白了他那半年连嫖带赌吃鸦片烟的耗费，以万计算，也不知几多万；地窖里埋藏着的花边，一缸一缸地挖尽了。于是邹老头儿活活气死了。他遍身长的杨梅疮，他的老婆和吴家姘都沾了些恩光，烂腿的烂腿，烂小便的烂小便了。乡村住不惯，又到上海、汉口……游历一次。田地屋宇统统卖的洗刷精光了。穷了，无衣无食了。鸦片烟发了瘾，老婆的裤儿都偷出去当了，两只手多生了一只，变成三只手了。”

现在再告诉你一桩丑事，就是：我养的那口大塘，每年可收三千斤鱼，去年只收二千五百斤，同样的鱼苗，相等的鱼草，怎么会减收呢？后从各处探访，才得知有人偷了鱼。6月的某一晚，月亮很明，照得地面霜也似的白，我躲在一株樟树背后，静悄悄地守候着。鸡啼过二遍，并无踪影；正想着回家去睡觉，忽然闻着一阵大粪臭；又听见微微脚步声，一个黑影从墙角边伸出来向四周望了一望，然

后缓缓地走到池塘旁坐下，执着钓竿，注视水面钓起来。我轻手轻足走近一认，谁知是他老先生；我用力在他肩上拍了一下，喊道："狗儿干的好勾当；""嗄，嗄，嗄！"他吓得跪倒在我面前，一句话也说不出，那副慌张恐怖的模样，可笑又可怜。今日才见他死狗般躺在这儿。死了也罢，罪也算造够了，园中的蔬菜，村里的鸡鸭，也可以少当心点。

我听完了，觉得没话去回答他。只是说："他实在是堕落极了；但他也是个不幸者，不幸生在富豪家！"

"是呀！大富不好，富家多出坏子弟。"他破声喊出来了。

"我们总要想法子埋了他才好。"

"牛死剥皮，人死埋葬，那是免不了的。我们回家去募些钱罢。"

四

下午我帮助几个工人把狗儿的尸体，装在白杉树棺材里，然后抬到山上去埋。工人们对我说："先生，太富也不好，这不是富的结果吗？""是的，富为万恶之源。"我口里虽这样说，心中却想着："赤贫又有什么好处？村里贫苦的孩子，不是想认识几个字，记记账，都没有机会吗？"

以后每当静寂的时候，那个"如何使太富者小康，赤贫者不贫"的问题，总在我脑海中转着。

四月二十二日于九江南伟烈学校

《新江西》第 1 卷第 3 号，1923 年 1 月 15 日

诗　歌

哭　声

仿佛有无量数人在我的周围哭泣呵！
他们呜咽的、悲哀的而且时时震颤地声音，
越侧耳细心去听，越发凄楚动人了！
“我们血汗换来的稻麦，十分之八被田主榨取去了，
剩的些微，哪够供妻养子！……
“我们牛马一般的在煤烟风尘中做做输运，奔走，
每日所得不过小洋几角，疾病一来，只好由死神
摆布去了！……
“跌倒在火坑里，呵！这是如何痛苦呵！
看呀，狂暴的恶少，视我们为娱乐机械，又来狎弄
我们了！……
“唔！唔！唔！我们刚七八岁，就给放牛作工去吗？
金儿福儿读书，不是……很……快乐吗？
“痛呀！枪弹入骨肉，真痛呀！
青年人，可爱的青年人，你不援救我们还希望谁？”
似乎他们联合起来，同声哭诉。
这时我的心碎了。
热泪涌出眼眶来了。

我坚决勇敢地道：

“是的，我应该援救你们，我同着你们去……”

一九二二年五月六日于九江同文书院

上海《民国日报》副刊《觉悟》，1922 年 5 月 18 日

呕　血

呵！什么？
鲜红的是什么？
血吗？
血呀！
我为谁呕呢？
我这般轻轻年纪，就应该呕血吗？

呵！是的！
我是个无产的青年！
我为家庭虑；
我为求学虑；
我又为无产而可怜的兄弟们虑。
万虑丛集在这小小的心儿里，
哪能不把鲜红的血挤出来呢？

呵！是的，无产的人都应该呕血的，
都会呕血的——何止我这个羸弱的青年；
无产的人不呕血，
难道那面团团的还会呕血吗？

这可令我不解！
我为什么无产呢？
我为什么呕血呢？

一九二二年六月二十一日晨于九江

上海《民国日报》副刊《觉悟》，1922 年 6 月 11 日

血　肉

伟大壮丽的房屋，
用什么建筑成功的呢？
血呵肉呵！
铺了白布的餐桌上，
摆着的大盘子小碟子里，是些什么呢？
血呵肉呵！
装得重压压地铁箱皮箱，
里面是些什么呢？
血呵肉呵！

一九二二年八月二十九日于吴淞轮次

《新江西》第 1 卷第 3 号，1923 年 1 月 15 日

快乐之神

——以信代序

亲爱的冰冰：

昨从旧纸堆里，找出这《快乐之神》来，寄给你看，这是吐血后做的，我所以会吐血，就是一日二十四小时无一时快乐。

“快乐之神，
你在哪里？
我寻你好久了呵！
许多人问我年纪，
我答应‘二十二岁’。
他们都很诧异似地说：
‘二十二岁？也很出老了，活像三十二岁人。’
我拿镜子照照，不错：
脸儿黄瘦了——额上还鼓起两条很粗的青筋；
皮肤起了些皱纹；
黑发丛里，长出了好几根白发。
呵，‘老’已经悄悄地追着来了！
昨天晚上，我又吐血呀——鲜红的足足有一碗余；
吐后，全身振动个不住——像害疟疾一般，
快乐之神，

我的生命，是走到最危险的境地了！
我所以如此，
就是你不和我同在。
快乐之神呵！
可怜我罢！
来抚慰我，拥抱我罢！
我跪着请求呢！”
我且泣且诉地说了，
快乐之神，哭丧着脸远远地在空中出现了，
很忧愁地对我说：
“可怜的青年，
我何尝不愿亲就你呢？
只是在你周围的地方，
有许多许多凶狠狠的恶魔，
正在张牙露齿地杀人吃人；
看呀！遍地血迹模糊！
听呀！到处哭声哀楚！
我的胆子很小，
我怕闯入你的悲惨的世界呀！……”
快乐之神渐渐地隐灭了。
而我呢？
只得放声痛哭罢了！

一九二二年九月三十日晚于南昌文化书社

《新江西》第1卷第3号，1923年1月15日

我的心

挖出我的心来看吧！
我相信有鲜血淋漓，
从彼的许多伤痕中流出！

生我的父母呵，
同时代的人们呵，
不敢爱又不能离的妻呵！
请怜悯我！
请宽恕我！
不要再用那锐利的刀儿，
去划着刺着，
我只有这一个心呵！

一九二三年四月二十三日

上海《民国日报》副刊《觉悟》，1923 年 5 月 15 日

同情心

在无数的人心中摸索，
只摸到冰一般的冷的，
铁一般的硬的，
烂果一般的坏的，
它，怎样也摸不着了——

把快要饿死的孩子的口中的粮食挖出，
来喂自己的狗和马；
把雪天里立着的贫人的一件单衣剥下，
抛在地上践踏；
他人的生命当膳饗，
他人的血肉当羹汤，
啮着喝着，
还觉得平平坦坦。
哦，假若还有它，何至于这样？

爱的上帝呀，
你既造了人，
如何不给个它！

一九二三年四月二十三日于南京

上海《民国日报》副刊《觉悟》，1923年5月15日